무용수와 몸

Die Tänzerin
und der Leib

KB109038

알프레트 되블린
신동화 옮김

무용수와 몸

Die Tänzerin und der Leib

에른스트 루트비히 키르히너가 그린 알프레트 되블린 초상

차례

일러두기

본문의 각주는 모두 옮긴이 주다.

항해

오스텐트의 방파제가 번쩍이는 한낮의 빛 속에 있었다. 단장한 사람들이 넓은 바닷가 산책로에서 웃으며 서로 지나쳐 갔다. 광막한 바다에 반사된 빛을 받아 해변 집들의 창문이 부드럽게 반짝였다. 쉼 없이 철썩거리는 파도가 돌 제방으로부터 물러났다가, 다시 부풀어 올랐다가, 자꾸만 가라앉곤 했다.

육중한 브라질 남자가 단장한 사람들 사이에서 입을 벌리고 걸었다. 남자는 산책로와 바다를 가르는 난간에 바짝 붙어 갔다. 흡사 목욕물이 줄줄 흘러내리는 듯 고개를 숙이고 있었고 두툼한 입술은 축축했다. 희끗희끗한 검은색 머리 다발은 귀 위로 드리웠다. 남자는 불어오는 매서운 바람을 맞으려 테가 넓은 펠트 모자를 쓴 머리를 좌우로 기울였다. 이따금 명랑한 눈빛으로 회녹색 바닷물을 훑었다. 부은 황갈색 얼굴이 움찔거렸고 눈은 잿빛 구멍 속에서 희미하게 빛을 발했다. 남자는 드러난 목 주위에서 미세하게 소용돌이치며 관자놀이의 잿빛 머리카락을 들추고 뺨을 향해 가느다란 단검으로 획획 소리를 내는 바람을 뒤쫓았다. 살짝 한기가 들었다. 남자는 하 얀 햇빛이 흘러내리는 하얀 와이셔츠 가슴팍을 따라 눈길을 옮겼고 자신의 눈길이 혹여나 그늘을 드리울까 잠시 불안해 했다. 남자는 한숨을 쉬고는 사람들 속으로 더욱 깊숙이 파고 들었다.

어제 남자를 파리에서 바다로 실어 온 기차의 흔들림이 아직도 몸속에 남아 있었다.

남자는 도망치듯 파리를 떠났다. 그는 요트를 타고 도망 치듯 고향을 벗어나, 희망 없는 행복을 벗어나 대양을 건너온 바 있었다. 마흔여덟 살을 기념해 느닷없이. 그리고 파리에서 네 달 동안 예술과 매끈한 홀의 향락, 야수 같은 춤을 견뎠다. 그 후 폐렴이 남자를 내동댕이쳤다. 남자는 포기된 상태로 여 러 주를 병원에 누워 있었다. 일요일에 쇠약한 무릎으로 병원 을 나선 남자는 거친 모직 케이프의 목깃을 세우고 마차에 올 라타 기차역으로 향했다. 그리고 생기 없는 브뤼헤를 하루 동 안 구부정하게 조심조심 거닐었다. 그러다 곧 마음을 다잡고 7월의 열기 속에서 서둘러 오스텐트로 향했다.

남자는 발밑에서 빠져나가는 자잘한 모래로부터 눈을 들 었다.

그 여자가 두 번째로 지나쳐 갔다. 테가 넓은 하얀 모자 아 래 녹슨 듯 붉은 머리칼. 영민하지만 젊지는 않은 얼굴의 잿빛 눈길이 남자에게서 물러났다. 여자는 삼십 대 중반 같았다. 남 자의 등 뒤에서 노래하는 듯한 높은 목소리가 아직 들렸다.

울리는 목소리에 코페타는 몸을 돌렸다. 그 순간 바람은 더 이상 칼을 던지지 않았다. 여자는 어느 노부인을 부축하며 이야기 나누고 있었다. 코페타는 모자를 목덜미로 밀어젖혔다. 여자의 좁은 어깨, 검푸른 비단옷 위에 놓인 검은색 망토를 바라보던 바로 그때, 코페타는 여자를 놓치고 말았다. 하얀 모자는 인파 속에서 흔들거리더니 모퉁이를 돌아 사라져 버렸다.

코페타는 어슬렁어슬렁 카페에 들어가 숟가락으로 코코아를 떠먹었다. 바다가 쉼 없이 돌 제방을 향해 몰려왔고 모래알이 가볍게 서걱거렸고 바람이 가느다란 단검을 던졌다.

오후 들어 휴양객 음악회 시간 무렵 피부 검은 이 브라질 남자는 긴 잿빛 프록코트를 입고 산책로로 나섰다. 음악 소리가 경쾌하고 도발적으로 바람에 실려 왔다. 굵은 노란색 지팡이로 한 걸음 한 걸음 바닥을 짚으며 요양소 앞을 지날 때 잿빛 눈길이 다시금 코페타에게서 물러났다. 노부인이 여자에게 말을 하고 있었다. 여자의 얼굴은 좁았고 광대뼈가 날카롭게 튀어나와 있었다. 얇고 붉은 눈썹 아래 작은 눈은 확고하고 침착했다. 코 위쪽에 주근깨가 났고 눈꼬리에는 자잘한 주름이 패 있었다. 걸음걸이는 떠다니듯 가벼웠다.

코페타는 눈 위를 문지르고 마지못해 멈춰 섰다가 다시 어슬렁어슬렁 걸었다.

저녁때쯤 코페타는 호텔 베란다에 앉아 있었다. 포도주 메뉴판을 집다가 오늘 한 여자를 세 번 본 일이 떠올랐다. 흔들거리는 모자 아래 녹슨 듯 붉은 머리칼. 한 여자를 세 번. 검푸른 비단옷 위에 놓인 검은색 망토. 잿빛 눈길. 코페타는 살며시 의자를 뒤로 밀었다. 한숨을 쉬고 미소를 짓고 멍하니 허공을 바라보며 지갑을 꺼냈고 폭이 넓은 명함을 들고 여자가 사라진 저택으로 가서 하녀에게 명함을 건넸다. 다시 목에 바닷바람을 느꼈을 때 코페타는 이게 도대체 무슨 짓이냐고 스스로 물었다. 코페타는 방문을 쾅 닫고 깜깜한 방 안에서 책상 의자로 몸을 던졌으며 두 아이의 사진을 갈기갈기 찢었고 손톱 깎는 가위를 집어 보석 박힌 결혼반지를 뺀 다음 가위에 걸어 촛불에 갖다 댔다. 보석이 타서 숯덩이가 되었다. 가위가 뜨거워졌다. 그는 가위를 떨어뜨렸다. 코페타는 방으로 날라 놓도록 지시한, 바닷모래가 든 커다란 양동이 둘에 양팔을 집어넣고 모래를 파헤치다 신음하며 일어섰고 바닥과 양탄자에 모래를 마구 뿌렸으며 모래를 너무 조금 가져온 개 같은 것들, 그러니까 하인들을 조용히 욕했다. 그러다 의자에서 잠들었다.

한낮 베란다에서 코페타가 의자에 누워 날카로운 공기를 깊이 들이마시고 어지럼을 느끼며 눈을 감은 순간, 지나가는 여자의 모습이 앞에 떠올랐다. 너무도 좁고 시든 얼굴, 그를 응시하는 맑고 확고한 눈빛. 여자는 한낮에는 방문하지 말아 달라고 인편으로 부탁했다. 코페타는 얇은 이불을 내차고 헝클어진 머리에 모자를 쓰고는 팔짱을 끼고 느릿느릿 계단을 내려가 햇빛이 비치는 텅 빈 산책로를 지나 여자의 저택, 좁은 창문이 닫힌 단층집으로 갔다. 어둑한 복도로 몸을 들이밀고는 명함에 여자 이름이 적힌 문을 가만히 두드렸다. 아무 대답도 없었다. 코페타는 문을 열어젖혔다.

여자는 반쯤 침대에 누워 있었다. 침대에서 나오려고 푸른 이불은 벽 쪽으로 내동댕이쳐 놓은 채였다. 통통하고 여성스러운 두 다리가 섬세한 발가락으로 이제 막 바닥을 건드렸고 무척 가냘프고 뻣뻣한 몸이 끈 없는 단순한 슈미즈 차림으로 일어났다. 풀린 머리 아래에는 좁고 진지한 얼굴이 자리했다.

피부 검은 브라질 남자는 가슴이 철렁해져 문가에 서 있었다. 여자가 미소를 지으며 몸을 가렸고 십오 분 후 다시 와 달라고 했다. 코페타는 죽은 사람처럼 창백해져 한마디 말도 없이 바닥에서 지팡이를 집어 들었다. 나이 든 소녀 같은 여 자는 그와 악수했다. 코페타는 작고 침착한 그 눈을 들여다보 았다.

저녁에 코페타의 호텔에서 여자에게 심부름꾼이 갔다. 코 페타는 내일 아침 요트를 타고 바다로 나가자고 여자를 초대 했다. 결코 초대장에 서명은 하지 않았다. 여자는 큼직한 편지 지를 손에 들고 이리저리 돌렸다. 반쯤 무의식적으로 연필을 집었고 그가 오길 바란다고, 정말 일찍 오길 바란다고 그 편지 지에 적었다. 자기 이름의 철자인 L 아래에 거의 일 분 동안 기 묘한 나선형 장식을 덧그렸다.

동트는 아침에 여자는 얇은 생사 옷을 입고 뛰어가 문 앞 에서 코페타를 맞이했다. 두 사람은 좁은 돌계단을 서둘러 껑 충껑충 뛰어 내려가 물결이 속삭이는 해변으로 갔다. 코페타 를 향해 등 뒤로 조개 몇 개를 던지고 몸을 돌렸을 때 여자는 그의 얼굴이 격하게 경련하는 것을 보았다. 코페타는 새하얀 리넨 옷을 입었고 머리에 아무것도 쓰지 않았으며 왼쪽 손목 에는 붕대가 감겨 있었다. 어제저녁 유리 위로 넘어져 베였다 고 했다. 코페타는 노로 젓는 작은 보트 한 척을 물로 확 민 후 소리 지르는 여자를 들어 좌석에 앉히고는 뒤따라 보트에 뛰 어올랐고 남자 해수욕장 근처 나무다리 앞에서 흔들거리는 요트를 향해 유유히 노를 저었다. 그들은 요트로 뛰어올랐다. 코페타가 어느새 닻을 올렸다. 여자의 맨 팔은 조타석에 꽉 달 라붙었고 돛대의 나무 고리들이 가볍게 울렸으며 중심 돛대 의 큰 돛이 확 하고 부풀어 올랐다. 배가 바다로 향했다.

두 사람은 해변의 거품을 뚫고 회녹색 바다로 들어갔다. 선명한 수평선 위로 하얀 빛 한 줄기가 나타나 매 순간 환해지며 점점 더 높이 올라갔다. 그들은 세찬 아침 바람을 받으며 일정한 속도로 질주했다. 코페타는 중심 돛대 옆 선판에 웅크리고 삭구를 단단히 고정해 두었다. 그리고 거칠게 웃으며 일어나 다리를 넓게 벌리고 가는 밧줄을 올가미처럼 머리 위에서 흔들다 여자에게 던졌다. 여자는 줄에 묶여 몸을 뒤흔들다가 단번에 풀려났고 소녀처럼 키득거리며 줄을 뭉쳐 그의 가슴으로 던졌다. 잽싸게 밧줄로 키를 몸에 묶고 뱃전으로 몸을 수그린 여자는 차가운 얼굴에 바닷물을 끼얹었고 한쪽 발을 가로장 위에 올리고 소매까지 흠뻑 젖은 채 양손 가득 물을 담아 코페타에게 뿌렸다. 코페타는 입을 벌리고 바닷물을 받아 후루룩 삼켰다. 두 사람은 강하게 불어오는 돌풍 속에서 배를 몰았고 배는 불안한 동물처럼 떨기 시작했다. 그들은 선판 위에서 서로를 쫓았다. 가냘픈 여자는 요란하게 소리를 지르며 가로장으로 뛰어올랐고 주먹으로 삭구를 쳤다. 얇은 재킷을 벗어 던지고 휘파람을 불며 제자리에서 빙글빙글 돌았다. 얇은 입술이 자주 벌어지며 어린애처럼 천진난만하고 짧게 웃음을 터뜨렸다.

어깨가 떡 벌어진 코페타는 완전히 지쳐서 뱃전에 앉아 있었다. 그는 감동에 젖어 여자의 웃음소리를 들었고, 여자가 그의 무릎에 누워 호기심 가득한 눈빛으로 그를 바라보자 떨리는 입술로 눈썹을 치키고 그녀 머리를 잡았다. 돌처럼 딱딱한 코페타의 양손이 일어나려는 여자의 어깨를 꽉 붙들었다. 코페타는 안 된다는 듯 고개를 이리저리 흔들었다. 파도가 뱃전을 기어올라와 강아지들처럼 살며시 선판으로 미끄러져 들어왔다. 바람이 강해졌다. 배가 심하게 기울었고 큰 돛이 펄럭이기 시작했으며 두 사람은 바람 속으로 질주했다. 코페타의 거의 무표정하고 검은 눈은 이제 흠뻑 젖은 여자의 머리칼 너머를 바라보았으며 나이 든 소녀 같은 여자는 고개를 뒤로 젖히고 그의 입을, 목을 찾고 가슴 쪽으로 더듬어 갔다. 마치 행복으로 충만한 엄숙한 약속이 내내 주변을 떠도는 듯, 코페타의 붓고 주름진 얼굴은 편안하게 풀려 있었다. 배는 조종하는 이 없이 흔들거렸으며 파도가 연달아 굴러왔다. 코페타는 뱃전에 앉아 있었다. 높은 벽이 배를 향해 몰려오자 코페타는 팔을 쫙 펼쳐 쳐들고는 마치 쿠션 위에 눕듯 등을 대고 파도에 누웠다. 그리고 쿠션이 미끄러져 나갔다. 여자는 코페타가 무어라 중얼거리는 소리를 들었다. 또한 사라져 가는 코페타의 도취되고 비밀스럽게 닫힌 시선도 보았다.

요트에 전해진 충격이 여자를 돛대로 내던졌다. 팔에서 피가 흘렀지만 전혀 아픔을 느끼지 않았다. 여자는 도와 달라고 날카롭게 소리쳤다. 긴 외침을 토해 냈다. 곧 표류하는 배 안에 누운 여자가 발견됐다. 육지에서 사람들이 여자를 기다리고 있었다. 그들은 모든 것을 알고 있었다. 코페타가 관청으로 전보를 쳤던 것이다.

여자는 단층 저택에서 한 주 동안 노부인 곁에 더 머물렀다. 그녀는 자기가 여러 차례 한낮에 식당에서 다른 사람들이 보는 가운데 마룻바닥으로 몸을 던지고는 양손으로 허공을 더듬거렸다는 소리를 들었다. 하녀는 그녀가 환한 아침에 방한가운데 미동도 않고 서서 제자리를 빙빙 도는 모습을 밖에서 목격했다고 했다. 이런 말을 들은 날 오후에 여자는 하인과 함께 가방에 짐을 싸고는 검은 옷을 걸치고 어머니 곁을 떠나

파리로 가 버렸다.

여자는 조그만 방을 잡고 거리로 나섰다. 붉은 머리를 틀어 올렸고 볼과 입술에 화장을 했다. 여자는 며칠간 방으로 돌아가지 않았다. 누구에게든 거절하는 법이 없었다. 온갖 손수레꾼과 소몰이꾼들 품에 몸을 내맡기면서 쾌감을 느꼈다. 여자는 무심하게 웃고 고개를 흔들며, 자신에게 달려드는 온갖 질병의 희생물이 되었고 키스하며 하품하며 열렬히 질병을 실어 날랐다. 몇 달 후 여자는 검은 비단옷을 입고 휘황찬란한 무도장으로 살며시 들어갔다. 얼굴은 통통해졌고 작은 눈은 아트로핀의 약효로 광채를 발했다. 젊은 남자들은 여자를 하이에나라 일컬었다. 여자는 무도장에 특이한 춤사위를 선보였다. 이미 마룻바닥에 첫발을 디딜 때부터 나타나는 독특하리만큼 어색한 움직임에서 생겨난 춤이 확실했다. 여자는 자신을 건드리려는 손길을 전부 물리치고 파트너 앞에서 엉덩이를 좌우로 흔들었다. 마치 선장처럼 그저 천천히 한쪽 다리에서 다른 쪽 다리로 중심을 옮기며 비틀거렸다. 이어서 굼뜬 스텝으로 파트너 옆을 돌고 나면 이제 여자와 파트너는 서로 허리를 잡고 함께 몸을 흔들었다. 그러다 그녀의 쳐든 팔 앞에서 파트너가 뒤로 펄쩍 뛰면 여자는 파트너를 찾아 그에게로 쓰러졌고 마침내는 왈츠를 추는 것이 아니라 파트너에게 반쯤 들려서 갔는데 이때 발은 바닥에 거의 끌리지 않았고 여자는 눈을 감았다.

여자는 일 년을 흘려보냈다. 어느 날 저녁 우편배달부가 엄청나게 큰 꽃다발 속에 든 편지 한 통을 전해 주었을 때 여자는 깔끔한 두 손으로 편지를 이리저리 돌렸다. 여자는 꽃을 휴지통에 버리고 가슴 위에서 레몬색 기모노를 개고 책상 앞에 앉아서 향수를 흠뻑 뿌린 편지지를 만지작거렸다. 여자가 일어나 전보를 쳐 달라고 부탁했을 때 우편배달부는 아직 문가에 서 있었고 어느새 제복 모자를 쓴 채였다. 여자는 무언가 깨친 듯했고 전과 달리 위압적인 분위기를 풍겼다. 여자는 오스텐트로 전보를 쳤다. "오스텐트 호텔 에스트라다, 코페타 씨, 내일 정오에 날 기다려 줘요. 답장 부탁해요." 여자는 한 시간 동안 떨며 계단에 서서 답장이 올까 기다렸다. 여자는 휴대용 가방에 짐을 쌌다. 세 시간 후에는 사람을 보내 마차를 불렀다. 노란 생사로 만든 얇은 옷을 입고 기차역으로 갔다. 기차는 밤새 오래도록 브뤼셀, 헹크, 브뤼헤를 지나 질주했고 이른 아침에 마침내 오스텐트에 도착했다. 여자는 마차를 타고 도시의 익숙하고 좁은 거리를 흔들거리며 지나갔다. 집 사이에서 바다가, 회녹색 바다가 한순간 빛을 발했다. 심한 돌풍이 우박처럼 단검을 퍼부을 때 여자는 흔들거리는 마차에서 똑바로 일어서 있었다. 마차 안에 서서 향수와 지극한 행복에 빠져 소리를 질렀으며 차일을 걷어 올리고 회녹색 바다를 향해 손을 흔들었다. 여자는 예전에 지내던 방에 다시 묵었고 어머니가 이미 여러 달 전 그 집에서 죽었다는 이야기를 듣는 둥 마는 둥 했다. 여자의 얼굴은 평온했다. 경악한 숙소 여주인이 왜 여기 앉아서 그리 웃느냐고 묻자 여자는 대답했다. "그야 행복해서죠, 부인. 행복하니까 웃지 왜 웃겠어요. 무슨 그런 말씀을 하시죠?"

아름답고 젊은 여자처럼 우아하게 행동하던 그녀는 곧 하얀 양산을 들고 바닷가로 갔다. 방파제는 번쩍이는 한낮의 빛 속에 있었다. 광막한 바다에 반사된 빛을 받아 해변 집들의 창문이 부드럽게 반짝였다. 바다가 쉼 없이 포효했고 돌 제방으로 몸을 던졌다가 잔잔해졌다. 여자는 단장한 무리를 능숙하게 뚫고 지나 잽싸게 호텔 입구로 갔다. 수위가 전보를 건넸다. 그 신사분은 일 년 전 요트를 타고 노닐러 갔다가 불의의 사고를 당했던가 그랬다고 했다. 여자는 가슴을 움켜쥐었다. "여기 바다에서요?" 그리고 수위에게 동전 한 닢을 쥐어 주고 쪽지에 자기 주소와 함께 몇 줄을 적은 후 그의 귀에다 속삭였다. 그래도 이 쪽지를 맡아 달라고. 사고를 당한 신사분이 오늘 저녁에 오면 바로 전해 줬으면 한다고. 여자는 어리둥절해하는 수위를 지나쳐 미소를 지으며 산책로로 갔고 그녀를 따라온 젊은 신사의 초대에 응해 오후 예배당에서 함께 코코아를 마시면서 환한 얼굴로 휴양객 음악회의 경쾌하고 도발적인 음악을 들었다.

저녁이 닥쳐왔다. 새하얀 보름달이 광막한 바다 위에 떠 있었다.

여자는 방 창가에 앉아 기다렸다. 밤이 되었다. 여자는 벌써 참지 못하고 녹슨 듯 붉은 머리에 흔들거리는 하얀 모자를 썼다. 어두운 복도를 발끝으로 뛰었고 눈부시게 하얀 달빛에 잠긴 긴 해변 산책로를 내려다보았다. 그리고 긴 산책로를 이리저리 달리며 폭풍에 벗겨지려는 모자를 꽉 붙들었고, 앞에 검게 드리운 자기 그림자와 장난을 쳤고, 탁 트인 길에서 휘파람을 불며 그림자에게 뭔가 춤을 춰 보였고, 그림자를 놀렸다. 여자는 남자 방 창문이 아직 밝아지지 않았는지 확인하려고 호텔 쪽을 쳐다봤다. 그러다 12시에 자기 방 침대에서 앉은 채로 잠들었다. 여자는 4시쯤 되어 깜짝 놀라 몸을 움찔했다. 밖은 이미 무척 밝았다. "그 사람이 먼저 갔어." 여자는 재빨리 문으로 나가 밖에서 소리를 지르며 팔을 공중에 흔들고 자기 이름을 외쳤으며 나팔 부는 소리까지 냈다. 여자는 좁은 돌계단을 순식간에 내려갔다. 출발 장소를 찾아 해수욕 장비 두는 곳으로 달려갔다. 그곳에는 노로 젓는 크고 작은 보트들이 있었다. 최근 모래에 찍힌 남자 발자국은 없었다! 여자는 신발과 양말을 벗고 모자를 해변에 던지고 치마를 높이 걷어 올리고 헐떡이며 보트 줄을 당겼다. 그리고 보트로 뛰어올라 노를 저었다. 부딪쳐 오는 파도에 살짝 뒤로 밀렸을 뿐 곧 안정적으로 출발했다.

탁 트인 바다 위로 바람이 날카롭게 불었다. 굵직한 빗방울이 떨어졌다. 광활한 바다에는 돛도, 배도 없었다. 여자의 보트는 높이 솟아 굽이치는 파도 벽을 천천히 오르다가 수 미터 아래로 추락했지만 굴하지 않고 계속 조금씩 나아갔다. 여자는 남자를 찾아 사방을 둘러보았다. 불안이 엄습했다. 여자는 무릎을 대고 기면서 소리쳤다. 파도가 높이 칠 때마다 부글부글하는 물 위로 남자의 이름을 날카롭게 외쳤다. 하지만 이제는 온순한 강아지들이 뱃전을 넘어 미끄러져 들어오지 않았다. 가쁜 숨을 내쉬며 눈을 훔치는 여자의 가슴 위로 파도가 낙석처럼 쏟아졌다. 벌써 기진맥진해진 여자가 노를 놓고 미친 듯이 흐느끼기 시작하고 절망에 빠져 주먹으로 가슴을 두드리던 바로 그때, 어두운 형체가 보트 옆 물속에서 일어났다. 어두운 형체는 파도 물마루에서 보트로 훌쩍 뛰어들었다. 바로 코페타가 말없이 뱃전에 앉아 가로장 위로 양다리를 늘어뜨렸다. 형체가 불분명하게 부었고 하얀 양복이 몸에 팽팽했다. 회백색 머리카락에는 굳은 소금이 더께더께 엉켜 있었다. 물이 뚝뚝 떨어지는 황갈색 얼굴에 암녹색 해조가 작게 다발지어 걸렸고 입은 덜덜 떨렸다. 가는 흰모래와 조개가 떡 벌어진 어깨에서 떨어지고 소매에서 흘러나왔다. 코페타는 세차게 공기를 내뿜고는 한결 조용히 숨을 쉬었다. 그리고 천천히 오른팔을 들어 올렸고, 환성을 지르며 바닥에서 일어난 여자를 제지했다. 코페타의 깊고 검은 눈은 뭔가를 묻는 듯 여자를, 그녀의 통통하고 여성스러운 얼굴을, 농익은 입술을, 붉은 눈썹 아래, 이제는 혼이 담겨 열렬하게 빛나는 작고 생기 넘치는 눈을 바라봤다. 그러고는 여자 옆쪽으로 시선을 돌렸다. 그들은 채찍처럼 내리치는 비를 맞으며 물마루 사이로 추락했다. 폭풍우의 노랫소리와 피리 소리 속에서 여자는 스스로 경악에 차 외치는 소리를 듣지 못했다. 코페타는 팔을 내리고는 마치 쿠션 위에 눕듯 등을 대고 파도에 누웠다. 쿠션이 미끄러져 나갔다. 여자는 코페타가 천천히 그녀에게로 고개를 돌리는 모습을, 도취되고 숨김없이 열린 시선이 그녀에게로 향하는 것을 보고 그를 따라 뛰었고, 그러자 통통 부은 두꺼운 팔이 그녀를 얼싸안았다. 여자는 이제 꾸르륵대며 웃었고 자신의 머리를 코페타의 부은 머리에 갖다 댔다. 두 사람이 함께 축축한 파도에 닿자 코페타의 얼굴이 젊어졌다. 여자의 얼굴이 젊고 어려졌다. 그들의 입은 서로 떨어질 줄 몰랐다. 그들의 눈은 덮인 눈꺼풀 아래에서 서로를 바라보았다. 무쇠처럼 강한 파도 더미가 끝없는 회녹색 바닷물을 그리로 보냈다. 파도 더미는 거인처럼 손을 움직여 쏜살같이 흐르는 구름으로 그들을 들어 올렸다. 자줏빛 어둠이 그들 위로 덮쳤다. 두 사람은 빙글빙글 돌면서 광포한 바닷속으로 추락했다.

무용수와 몸

열한 살 때 그녀의 진로는 무용수로 정해졌다. 팔다리를 부자연스럽게 비틀고 얼굴을 찡그리는 성향과 별난 기질 때문에 무용수라는 직업은 그녀에게 적합해 보였다. 이전까지는 스텝 하나하나가 바보 같았지만, 이제 그녀는 탄력적인 인대와 지나치게 부드러운 관절을 복종시키는 법을 터득했고, 발가락으로, 발목으로, 무릎으로 신중하고도 참을성 있게 숨어들었으며, 좁은 어깨와 날씬한 팔의 관절을 탐욕스럽게 습격했고, 팽팽한 몸이 춤추는 모습을 배후에서 감시했다. 그녀는 화려하기 그지없는 춤에 냉정함을 부여하는 데 성공했다.

열여덟 살 때 그녀의 몸매는 비단처럼 부드러웠으며 검은색 눈은 아주 컸다. 소년 같은 얼굴의 윤곽은 날카로웠다. 목소리는 아양스럽거나 음악적인 느낌 없이 낭랑하고 어눌했다. 말투가 빠르고 조급했다. 그녀는 쌀쌀했으며, 재능 없는 동료들을 냉정하게 바라보았고 그들의 한탄을 지겨워했다.

열아홉 살 때 창백한 질병이 그녀를 덮치자 틀어 올린 검푸른 머리카락 아래 얼굴이 기괴한 납빛으로 희미하게 빛났다. 팔다리가 무거워졌지만 그녀는 계속 춤을 췄다. 혼자일 때면 발을 굴렀고 몸을 윽박질렀으며 녹초가 되도록 몸과 씨름했다. 그녀는 어느 누구에게도 자신의 쇠약함을 말하지 않았다. 이제 막 제압하는 법을 터득한 어리석은 것, 유치한 몸에게 부드득 이를 갈았다.

엘라가 고통 속에서 입술을 깨물 때 어머니는 소파로 몸을 던지고 몇 시간을 울었다. 일주일 후 늙은 어머니는 결심을 하고 바닥을 쳐다보며 딸에게 말했다. 다 끝내고 병원으로 가야 한다고. 엘라는 한마디 대답도 없이, 주름투성이에 희망이라곤 없는 얼굴을 향해 증오에 찬 시선을 보낼 뿐이었다.

그녀는 다음 날 바로 병원으로 향했다. 마차에서 담요에 얼굴을 묻고 격분해 울었다. 병을 앓는 몸에 침이라도 뱉고 싶은 심정이었고 신랄하게 몸을 조롱했다. 자신과 묶인 질 나쁜 고깃덩어리 때문에 구역질이 났다. 그녀는 살짝 불안해하며 눈을 뜨고 자기로부터 떨어져 나가는 팔다리를 지켜봤다. 그녀는 얼마나 무력했던가, 아, 얼마나 무력했던가. 마차는 포석이 깔린 안마당으로 덜거덕거리며 올라갔다. 병원 정문이 뒤에서 닫혔다. 무용수는 혐오에 찬 의사와 환자 들을 쳐다봤다. 간호사들이 그녀를 침대로 부드럽게 들어 올렸다.

이제 무용수는 말하는 법을 잊었다. 그녀는 자신의 목소리에서 더는 고압적인 어조를 듣지 못했다. 모든 일이 그녀의 동의 없이 일어났다. 하지만 사람들은 그녀 몸의 모든 표시에 주의를 기울였고, 몸을 굉장히 진지하게 다루었다. 매일, 거의 매시간 그들은 무용수에게 몸에 관해 묻고 세심하게 서류에 기록했는데, 그녀는 이를 처음에는 언짢아했고 나중에는 점점 더 의아해했다. 그녀는 곧 어두운 두려움과 불안정 속으로 빠져들었다. 몸에 대한 공포가 그녀를 엄습했다. 감히 몸에 손을 댈 생각도, 몸을 닦을 생각도 하지 못했고 팔과 가슴을 빤히 바라봤으며 오래 거울을 들여다볼 때면 전율했다. 그녀의 입은 그녀가 마시라고 준 약을 삼켰다. 그녀는 아래로 흐르는 약 방울을 따라갔고 그, 즉 몸, 유치한 몸, 아, 오만한 몸, 음험한 몸이 그것으로 무엇을 만들어 낼지 곰곰이 생각했다. 그녀는 파리같이 작아졌다. 밤이면 죽음에 대한 두려움이 침대 뒤에 서 있었다. 섬뜩한 것을 응시하는 눈이 굳어 갔다. 소년 같은 얼굴의 냉소적인 여자는 이제 신앙심이 깊어 밤이 오기 전 간호사들과 기도했다. 어머니는 딸을 보러 와서 경악했다. 딸이 그토록 의기소침하고 도움을 필요로 한 적은 단 한 번도 없었다. "우리는 모두 하느님 손안에 있단다." 어머니는 자신에게 딱 달라붙은, 쇠약해 가는 딸에게 말했다. "그래요." 무용수가 속삭였다. "우리는 모두 하느님 손안에 있어요."

　주변의 규칙적이고 분주한 움직임은 그녀를 다시금 진정시켰고 경악은 닥쳐왔을 때와 마찬가지로 빠르게 사라졌다. 병실의 환자들에 대한 혐오가 확 타올랐다. 그리고 망가진 몸에, 망가져 가는 몸에 사람들이 경외감을 표하며 마치 그녀가 죽기라도 한 듯 그녀를 본척만척한다는 분노가 뚜렷한 모습으로 배회했다. 오만한 여자는 이에 모욕감을 느꼈다. 그녀는 몸을 유폐하고 쇠사슬로 묶었다. 그것은 이제 그녀의 몸, 그녀의 소유물이었고 그녀 마음대로 할 수 있었다. 몸은 그녀가 사는 집이었다. 사람들은 그녀 집을 내버려 두어야 마땅했다. 매일 사람들은 망치로 가슴을 두드렸고 심장의 대화를 엿들었다. 모두가 볼 수 있도록 가슴 위에 그녀 심장을 그렸다. 그 속에 숨은 빛을 끄집어냈다. 아, 사람들은 그녀를 약탈했다. 온갖 질문을 하며 그녀의 일부를 가져가 버렸다. 바늘과 탐침보다도 미세한 독극물로 그녀에게 침입했다. 그녀의 전부를 알아냈고, 그녀를 완전히 여우 굴로 되몰았다. 도둑들이 그녀에게서 모든 걸 가져갔기에 그녀는 자신이 날마다 점점 더 쇠약해지고 죽은 사람처럼 창백하게 누워 있어도 놀랍지 않았다. 이제 그녀는 격분해서 저항했다. 의사들에게 거짓말을 했고 질문에 대답하지 않았으며 고통을 숨겼다. 다시 질문하려 들면 침대에서 완강히 버티며 간호사들을 밀어냈고, 갑자기 불타오르는 증오에 휩싸여, 절레절레 머리를 흔드는 의사들을 면전에서 조롱하기까지 했고, 그들을 경멸하며 얼굴을 찌푸렸다.

하지만 그렇듯 안간힘을 쓰며 용감하게 버티는 일은 오래가지 못했다. 하얀 가운들이 매일 끊임없이 병실을 돌아다녔고 환자들을 타진했으며 모든 걸 기록했다. 매일 매시간 간호사들이 와서 음식물과 물약을 가져다주었다. 그걸 먹으면 무용수는 무기력해졌다. 그녀는 장난감을 다시 내던져 버렸다. 둔탁한 목소리로 경멸을 표하며 자신을 내맡겼다. 무슨 일이 일어나든 중요하지 않았다. 유치한 존재가 자리에 누워 있었고 그녀를 불행하게 했다. 그녀가 그 존재를 두고 싸워 무엇할 것이며, 그것이 누리는 명예를 부러워해 무엇 하겠는가? 몸은 한 덩이 짐승 시체처럼 다시 그녀 아래에 누워 있었다. 그녀는 몸의 고통에 신경 쓰지 않았다. 밤에 쑤시듯 아프고 괴로우면 몸에게 말했다. "내일 회진 때까지 잠자코 있어. 의사들, 네 의사들한테 말하고 난 내버려 두라고." 그들은 각자 살림을 꾸렸다. 몸은 의사들과 타협하는 법을 알았다. "분명 기록될 거라고." 그러면서 그녀는 성가신 몸의 말을 가로막았다.

종종 그녀는 침대에 누워 있는 우둔하고 병든 아기에게 미소 어린 동정심을 느꼈다. 그녀는 무엇이 몸을 괴롭히는지 평온하고 양심적으로 알렸다. 무관심하게, 조금 냉소적으로 의사들을 관찰했고 그들의 노력이 헛되다는 것을 냉소하며 확인했다. 그녀는 다시금 긴장감과 재미를 느꼈고 의사들의 불행과 몸의 파멸을 격하게 고소해했다. 웃음을 터뜨리며 이불에 입을 묻을 때면 다시 예전처럼 조롱기를 띠었고 냉담했다.

한낮에 행진곡이 울려 퍼지는 가운데 군인들이 병원 앞을 지나갈 때 무용수는 갑자기 침대에서 일어나 앉았고 이글거리는 눈으로 입술을 앙다물고 몸을 완전히 말았다. 얼마 후 나지막하지만 날카로운 목소리가 간호사를 침대로 불렀다. 무용수는 수를 놓고 싶다며 명주실과 아마포를 달라고 했다. 그녀는 흰 천에 연필로 재빨리 기이한 그림을 그렸다. 그림에는 세 형체가 있었다. 하나는 두 다리 위 둥글고 조악한 몸으로, 팔과 머리가 없었으며 그저 다리가 둘 달린 뚱뚱한 공이었다. 그 옆에는 거대한 안경을 쓴 상냥하고 키 큰 남자가 우뚝 솟아 있었다. 남자는 온도계로 몸을 쓰다듬고 있었다. 그런데 남자가 진지하게 몸에 몰두하는 동안, 다른 쪽에서는 맨발로 폴짝폴짝 뛰는 작은 소녀가 왼손으로 그를 조롱하며 오른손으로는 날카로운 가위를 몸 아래로부터 밀어 넣었다. 이에 굵은 빛 속에서 몸이 마치 큰 통처럼 샜다.

무용수는 붉은 실로 거칠게 수놓아 그림을 장식했고 때때로 혼자 흥겹게 웃었다.

그녀는 다시 춤을, 춤을 추고 싶었다.

온갖 화려한 춤에 냉정함을 부여하던 예전처럼, 팽팽한 몸이 불꽃같이 흔들리던 예전처럼, 다시 자신의 의지를 느끼고 싶었다. 왈츠를, 아주 감미로운 왈츠를 그녀의 주인이 되어 버린 그와, 몸과 함께 추고 싶었다. 그녀는 자신의 의지를 움직여 다시 한 번 몸의 양손을 잡고 몸을, 게으른 동물을, 그를 내던지고 이쪽저쪽으로 돌릴 수 있었다. 그러면 몸은 더는 그녀의 주인이 아니었다. 승리감 섞인 증오가 그녀를 안에서 뒤흔들었고, 그가 오른쪽으로 가고 그녀가 왼쪽으로 가는 것이 아니라 그들이, 곧 그들이 함께 뛰어올랐다. 그녀는 몸이 바닥으로 굴러 추락하기를, 그 큰 통이, 그 절뚝거리는 수컷이 곧 두박질치기를, 그 주둥이 속에 모래를 쑤셔 넣기를 원했다.

난데없이 잠겨 버린 목소리로 그녀가 의사를 불렀다. 몸을 구부린 채 의사 얼굴을 올려다보았다. 의사가 깜짝 놀라 자수를 쳐다보자 그녀가 평온한 목소리로 선언했다. "야, 이 멍청아, 이 멍청이, 이 겁쟁이 같으니." 그리고 이불을 내던지며 바느질 가위로 자신의 왼쪽 가슴을 찔렀다. 날카로운 비명이 병실 구석 어딘가에서 터져 나왔다. 무용수는 죽으면서도 입가에 냉담하고 경멸하는 표정을 띠었다.

아스트랄리아

괴팅 씨, 아돌프 괴팅, 재야 학자, 알브레히트 거리 15 거주, 쉴케 부인 집에서 오른쪽으로 세 계단. 그가 자기 방 소파에 앉아 등불을 쬐고 있다. 누런 얼굴에 주름이 자글자글하고 눈에는 염증이 있으며 목소리가 빠르고 부드러운, 음울하고 왜소한 남자다. 가느다란 다리를 덮은 갈색 담요의 술 장식을 손가락으로 만지작거린다.

이 왜소한 남자는 맞은편 의자에 깍지를 끼고 앉아 있는 창백하고 사람 좋아 보이는 여자, 그러니까 자기 부인에게 간단히 손짓하며 가르친다. 연습이 문화의 토대며 그는 자기가 하는 말이 무슨 뜻인지 안다고. 또한 포도즙이 위와 모든 점액에 좋으며 짐작컨대 장속에서 포도주로 변한다고. 변화하려는 생명의 힘은 어마어마하다고. 그는 자기가 하는 말이 무슨 뜻인지 안다고.

한창때가 지나 시든 여자는 습한 가을 날씨, 격앙된 모임, 과음에 대해 뭐라고 부드럽게 속삭인다.

카타르염을 앓는 남자는 그동안 손가락을 벌리고 천천히

25

다리에서 모포를 들어 옆에 있는 소파에 올려 둔다. 발을 끌면서 꾸부정한 다리로 창가에 가 삐걱 소리 내며 창문을 열고 밤하늘을 바라본다.

남자의 목소리가 끈기 있고 경건하게 울린다.

"당신 말에는 신경을 꺼야겠어, 엘프리데. 자기가 무슨 말을 하는지도 모르잖아. 오늘은 초승달이 떴어. 무슨 말인지 알겠지."

그는 "오늘은 초승달이 떴어."라며 흥분하지 않고 무척 간결하게 말한다.

"마음, 마음이라고. 마음이 준비가 됐다면, 모든 일을 다 한 거지. 오늘은 초승달이 떴어. 나는 내면으로부터 모든 걸 극복할 거야. 이미 어려운 상황을 여럿 극복했듯이. 그리고 포도즙이." 갑자기 그의 목소리가 도취경에 빠지며 엄숙해진다. "모르겠어? 포도즙이 마음에 기름칠을 하는 거야. 그러면 마음은 민첩해지고 자유롭게 뛰어오를 수 있어. 공중으로. 그곳에서 마음은 자유로워져. 마음은 그리로 뛰어오를 수 있다고. 아니면 들판으로, 아니면 감자 속으로. 어디든 뭐 아무 상관 없어. 그리고 또, 그래, 엘프리데, 지저귈 수 있어, 마음은 말이야. 모두가 귀로 들을 수 있게 찌르륵거리고 지저귀고 그럴듯하게 노래할 수도 있어."

빛이 깜빡거리고 등불이 연기를 내며 탄다.

그리고 근심에 싸인 창백한 부인이 등불을 바라볼 때 남자가 한숨을 쉰다.

온화한 부인은 재빨리 남편에게 가서 검은색으로 기운 갈색 양말을 목에 둘러 준다.

"따뜻하게 입어야지, 아돌프. 복대도 두르고. 당신 침대

위에 있어. 에구, 밤에 밖에 오래 있으면 안 돼."

통통하고 다정한 이 보잘것없는 여자는 남편의 악수를 받고는 방에서 사라진다.

피팅 씨, 아돌프 피팅, 재야 학자, 알브레히트 거리 15 거주, 쉴케 부인 집에서 세 계단 위. 『원죄 이후 현재에 이르기까지 인간 행위의 주요한 결함의 역사』의 저자, 슐체 & 벨하겐 출판사, 베를린, 1903년, 사절판 370쪽, 양장본 4마르크, 여러 경건한 단체의 회원. 자유 형제단 '아스트랄리아'를 결성했고 현재 "내면의 생명과 그 육체적 표현"에 대해 연구 중. 그가 이제 빽빽한 어둠과 짙은 안개 속에서 도시 성벽 위를 걷고 있다. 그는 사색가이므로 산책을 한다. 그는 자신이 사색가라는 것을 안다. 그의 부인은 그것을 모른다.

이 음울하고 키 작은 신사는 검은 느릅나무 아래를 거닐며 입과 코에 손수건을 대고 누른다. 그는 재미로 사색하는 사람이나 단순한 사색가가 아니며 자신의 시간을 기다리는 포고자이자 예언자다. 남자는 어떤 동경을 품고서 편안하고 즐겁게 어슬렁거린다. 작은 눈으로 나무에서 사과처럼 생각을 딴다. 비참하고 시커먼 무언가가 저녁에 이곳 느릅나무 옆을 기면서 손을 뻗던 시절은 이제 지나갔다. 그가 말할 때면 사람들은 조용히 있다가 곧 킥킥거리며 서로 몸을 밀쳤다. 작은 만드라고라가 단조로운 어조로 자신의 가르침을, 참회에 관한 지루한 소리를 읊으며 긴 팔을 휘두르다 갑자기 멎고는 시끄러운 소리에 가만히 귀 기울일 때면 사람들이 쳐다보고 새된 소리를 질렀으며 터지는 웃음을 참곤 했다. 그러면 그는 집 안에 틀어박혀 사람들의 반응을 곱씹었다. 그러고 나면 음울해진 작은 만드라고라는 사람들을 증오할 수 있었고 그들을 위협했다. 하지만 곧 자신의 복수욕에 깜짝 놀라고 절망해 울었는데, 그에게는 힘이 주어지지 않았던 까닭이다.

하지만 언젠가는 기적이 일어날 것이므로 남자는 이제 폭풍 치는 밤 동경에 차 느릅나무 아래를 가만히 걷는다. 그때가 되면 사람들은 믿을 것이고 조롱하지 않을 것이다. 불안에 사로잡힌 어느 저녁에 그는 이를 확신하게 되었다. 마음이 충분히 높이 쌓이면 내면으로부터 그를 사로잡을 것이다. 그를 변화시킬 것이다. 어떻게 그리될지는 그 자신도 모른다. 그의 팔은 더 이상 원숭이 팔처럼 가늘고 길지 않을 것이다. 목소리는 더 이상 갈라지지 않을 터다. 머리 위에 후광이 자리하리라.

"오셨는가, 신의 은총이 함께하기를. 모든 선한 정령들도." 작은 형제단, 명망 있는 뚱뚱하고 마른 남자들이 성벽 옆 싸구려 술집에서 자신들의 회장을 앞에 두고 일어난다.

그들은 나무 잔으로 포도즙을 마시고 불멸의 영혼을 찬양한다. 한 사람씩 차례로 발언한다. 모든 재산을 분배해야 하고, 동물을 죽이는 짓은 살인이나 다름없으며, 곧장 자기 내면으로 들어가지 않는다면 세계의 종말이 임박할 것이다.

그들은 포도즙을 마신다. 투박하고 지저분한 손에 푸른색으로 칠한 기도문을 들고 "나의 구세주가 살아 계심을 나는 아네."라고 노래한다. 구세주는 가까이에 있다. 이미 한쪽 발바닥을 지상에 딛고 서 있다.

그들은 해골 장식이 있는 기다란 검은색 파이프로 담배를 피우며 세차게 연기를 내뿜는다.

누런 얼굴에 주름이 자글자글하고 눈에는 염증이 있으며 목소리가 빠르고 부드러운, 음울하고 왜소한 남자가 볼이 상기되어 탁자 한구석에서 일어난다.

흥분하여 유리잔을 달그락거리는 사람들을 향해 남자가 외친다. 예언자가 가까이에 있다고, 고대하던 예언자가 불신자들을 쓰러뜨릴 거라고, 민중들과 왕들과 형제들을. 예언자는 결단코 곧 올 거라고. 이 달콤한 음료가 자기를 기쁘게 한다고. 다가올 일들이 흡사 임신부 배 속에 든 아이처럼 은연중에 준비되었다고. 그 준비의 고통이 어떤 것인지 누가 알겠느냐고. 형제들에게 확언하건대 사실이 그렇다고. 인간이 서로를 절멸시키는 큰 전쟁이 터질 거라고. 지상에서는 긴장이 이미 최고조에 다다랐고 세계는 이미 무장을 염두에 두고 있으며 평화를 원하는 사람들만이 남는다고. 구름 속에 벌써 구세주께서 그분의 작품을 완성할 준비를 갖추고 서 있다고. 구세주 그분의 말씀인 구름 속에.

그들은 포도즙을 마신다. 초승달 뜬 밤에게 술집의 작은 문을 열어 준다.

갑자기 모두가 침묵한다.

한 사람이 횡설수설하며 일어선다.

그들은 경악한다.

비밀스러운 일들이 일어난다. ──

다음 날 아침 쭈글쭈글한 무언가가 가느다란 다리를 질질 끌며 술집 문에서 나온다.

처음에는 비틀거리고 손을 더듬더듬하며 말뚝이며 나무며 정원 울타리같이 뭐든 단단한 걸 붙잡으려 한다. 그러다 똑바로 안정적으로 걸어간다. 고개는 왼쪽 어깨로 푹 기울었고 콧구멍은 부었고 눈은 멍하니 반쯤 뜬 채 축축하다. 반라로 걷고 있다. 셔츠 바람에 장화도 없고 모자도 쓰지 않았다. 걸을 때마다 앞으로 멀리 다리를 홱 뻗고 가슴 앞에 양팔을 서로 대고 누른다. 위쪽 느릅나무 가로수 길에서 사람들이 멈춰 선다. 양철 주전자를 든 우유 파는 소녀와 도로 청소부 둘, 잠이 덜 깬 하얀 얼굴들이다. 쭈글쭈글한 남자는 이에 움찔한다.

사람들이 그것을 바라본다. 그것은 똑바로 걸어야 한다. 아무렴, 똑바로 걸어야 한다.

그것은 혼자 흥얼거린다……

그것은 맨발로 천천히 자기 길을 간다. 행복에 겨워, 고통스럽게, 무겁고 어두운 구름에 실려. 그것은 구름 속에 서 있다. 그것 자신의 말인 구름 속에.

왜소한 남자는 문득 뜨거운 전율에 사로잡힌다. 만약에 믿을 수 없는 일, 변화가 간밤에 일어났다면!

앞서 두 청소부는 그를 쳐다봤다. 그는 기지개를 켜고 고개를 들었다 다시 내려뜨린다. 초승달이 뜨는 신성한 밤이었다. 그에게서 뭔가가, 두려움이, 광채가 그의 이마에서, 그의 머리카락에서 발하지 않을까. 사람들을 사로잡고 제압하지 않을까. 물론 가능한 일이 아니었다.

그는 흥얼흥얼 조용히 노래하면서 몽상에 잠겨 계속 걸어간다.

아래쪽 좁은 거리에서 이발사, 손수레꾼, 빵집 주인 들이 서로를 밀친다. 모여서 속닥거린다. 갑자기 괴팅 씨는 대놓고 천박하게 웃는 소리를 듣는다. 지금껏 들어 본 적 없는 웃음이다. 이제 그는 깜짝 놀라며 행복한 전율에 빠진다. 됐다. 기적이 이루어진 것이다. 주님이 기적을 이룬 것이다. 저들이 저주하고 침 뱉도록 놔두라! 그러나 그의 발밑에는 단단한 땅이 있다. 그는 꿈을 꾸는 것이 아니라 서늘한 아침 공기를 들이마시고 있다. 두 발바닥을 지상에 딛고 서 있다.

그가 상점들이 막 문을 연 대로로 접어드는 동안 어린 학생 무리가 그의 뒤를 쫓으며 서로 밀치고 시끄럽게 떠들어 대다가 겁을 먹고 한쪽으로 가 버린다.

지난 모든 세월의 고통은 잊혔다. 오, 만물을 주재하는 분께 감사를. 구원하소서, 주여!

왜소한 남자는 집으로 가는 계단을 오른다. 알브레히트 거리 15. 그의 시선이 닿자 건물 현관의 사람들이 단번에 침묵한다. 곧 그의 등 뒤에서 길게 속삭거리는 소리가 시작되고 초인종을 울릴 때에도 계속 들린다. 왜소한 남자는 미소를 머금고 문지방을 넘는다. 이 기이한 남자는 방으로 잽싸게 들어오는 음울하고 퉁퉁한 피조물의 눈을 들여다본다. 쭈글쭈글한 남자는 고개를 왼쪽 어깨로 푹 기울이고 팔은 가슴에 꼭 대고 방 안에 서 있다. 입가와 가늘게 뜬 축축한 눈가에는 애정이 담겨 있다. 그가 그녀를 향해 양손을 뻗는다. 감미로움과 진지함이 넘쳐흐르고 남자가 부드러운 목소리로 말한다.

"보라고, 봐. 오, 나는 알고 있었어, 엘프리데. 나 이제 돌아왔어."

부인은 창틀을 꽉 잡고 남자를 보고 외친다. "아돌프!"

"그래, 엘프리데. 온갖 고난 속에서 그분을 위해 준비해 왔어. 아주 오래 기다렸다고. 그걸 위해 매우 혹독한 일도 견뎠고. 하지만 나와 더불어 기다린 너희들, 기뻐할지다!"

"그렇게 돌아다닌 거야, 아돌프? 말해 봐 아돌프, 그렇게 내내 돌아다닌 거냐고? 재킷도 안 입고 장화도 안 신고 모자도 안 쓰고."

그녀와 마주한 남자의 눈은 움직이지 않는다. 얼굴은 식고 갑자기 돌처럼 딱딱해진 목소리가 그녀에게 대답한다.

"내가 말했잖아. 당신도 고라의 무리[1]인 건가? 비켜. 당신 탓에 나까지 부정 타겠군."

날카롭고 추잡한 웃음소리가 현관과 계단에서 방 안으로 울린다.

"아돌프, 대체 무슨 일이야? 당신 물건은 어디에다 두고 온 거야?"

왜소한 남자는 자기 발을 노려본다. 두 손은 가슴 위에서 불안하게 움직이고 고개는 서서히 앞으로 기운다.

"장화라. 고라의 무리군. 흠, 이 여편네가 무슨 소리를 하는 거지? 이 여편네가 이 방에서 왜 그런 소리를 하는 거지?"

그러고는 튀어나올 듯한 눈으로 문 쪽을 보면서 엄한 목소리로 포효한다.

"웃지 마, 웃지 말라고! 우스울 일 하나도 없다고!"

남자는 갑자기 확 달아오르며 침대로 달려가 이불 밑으로 고개를 처박고 더듬거린다. "오, 웃지 말라고…… 제발, 제발, 웃지 마. 오, 부탁이야, 싹싹 빌게, 싹─싹─."

그러면 그녀는 덜덜 떠는 반라의 남자를 붙드는 수밖에 없다.

---

1   모세에게 반기를 든 무리. 「민수기」 16장 참조.

마리아의 수태

마리아가 축축한 키 작은 풀밭을 평온한 눈으로 창백하게 지나갔다.

나뭇잎이 높이 빽빽하게 달리면 마리아는 가지 굵은 나무를 찾았다. 나무는 남자들이 피하는 작은 숲에서 촘촘히 자란 덤불 뒤에 홀로 서 있었다. 나뭇잎의 초록빛과 대기의 비단 같은 어스름한 빛깔과 서로 녹아들어 하나가 되었다. 그리고 청동처럼 거무스레하고 장미처럼 부드럽고, 노란빛이 돌거나 눈처럼 새하얀 처녀들의 몸이 나무 아래에서 피어났다. 처녀들은 서로서로 사랑했다. 나뭇잎은 빽빽이 달려 있었고 아래로 아득히 떨어졌다.

비가 거세게 내릴 때 마리아는 친구들 속에서 홀 창가에 앉아 있었다. 푸르스름한 기가 도는 하얀 옷을 입고 머리에는 편도 가지를 꽂았다. 모두가 입을 모아 노래하며 비의 신을 불렀다. 그런데 마리아가 갓난아이를 보고 행복에 겨워 소리를 질렀다. 그녀는 천천히 다가가 아이를 들어 품에 안고는 엉거주춤한 자세로 무릎을 살짝살짝 흔들었다. 이따금 흔들기를 멈추고 햇빛 속 하얀 먼지와 짙푸른 하늘을 오래 바라보았고 어깨에 한기가 들어 갑자기 부르르 떨다가는 다시 흔들곤 했다.

한 성실한 남자 친구가 그녀에게 청혼을 했다. 하지만 순결한 마리아는 그의 조용한 간청을 들어줄 수 없었다.

한번은 처녀들이 그 가지 굵은 나무 아래에서 입맞춤하고 포옹하며 평온하고 행복하게 청춘을 만끽할 때 하늘에서 검은 구름이 마치 신의 손처럼 피할 수 없는 의지를 담고 끝없이 넓고 거대하게 손을 뻗는 게 나뭇잎 사이로 보였다. 회청색 빛이 저 뒤 언덕에서 주시하다가 시커먼 하늘로부터 점점 더 밝게, 더 자주 쳐다보자 하얗고 알록달록한 옷을 입은 처녀들은 불안해하며 함께 노래하고 서로를 진정시키다가 결국엔 나뭇잎 밑에서 고개를 숙이고 뿔뿔이 달아났다. 죽 늘어선 검고 단단한 나무들이 휘고 흔들리기 시작했고 그 사이로 옷들이 바람에 펄럭거렸다. 마리아의 외딴집을 맴돌며 한참을 기다리던 남자 친구가 그녀를 향해 달려오자 겁먹고 온통 헝클어진 마리아는 그에게 매달려 팔을 잡고 놓아주지 않았다. 마리아의 창백하고 혼란스러운 시선은 넓게 펼쳐진 손가락 같은 구름과 눈부신 빛을 향하며 계속해서 한탄했고 떨렸다. 땅이 진동하기 시작하고 자줏빛과 유황빛이 불타오르며 우레 같은 목소리가 포효하자 마리아가 죽은 사람같이 창백한 얼굴로 그의 팔에 쓰러졌다. 짙은 어둠 속에서 손이 마리아의 얼굴과 머리칼 위를 지나갔고, 마리아는 호령하는 벼락 소리에 이어 뜨겁게 속삭이는 소리를 들었다. 사지가 완전히 늘어져 떨며 가벼운 나뭇가지처럼 어깨에 매달린 마리아를 그가 데려갔다.

뇌우가 지나간 아침, 친구들은 잠자리에서 입술을 벌린 채 꼼짝도 하지 않는 마리아를 찾아냈다. 마루에서 처녀들의 발기척이 나자 마리아는 희미한 눈빛으로 방 안에서, 친구들 얼굴에서 뭔가를 찾아 두리번거렸다. 마리아는 말을 꺼내려 했다. 하지만 거친 소리를 뱉으며 입에 손수건을 쑤셔 넣고는 이를 꽉 물었다. 소리를 지르거나 규칙적으로 길게 한숨을 쉬고 이리저리 몸을 던지기도 했다. 간밤에 무슨 일이 있었는지는 아무도 몰랐지만 곧 친구들은 마리아가 무서운 뇌우 탓에 정신이 나갔으리라 짐작했다.

친구들은 진정될 때까지 마리아를 돌봤고 남자 친구가 계속 들어오려 하자 아픈 마리아를 만나지 못하게 막았다. 넋이 나갔던 마리아는 서서히 정신을 차리고 평온하게 누워서 마침내 은밀히 말을 꺼냈다. 기억을 떠올리려는 듯 점점 더 깊이 베개에 고개를 묻었으며 목소리는 불안하게 묻는 투였다. 밤새 집 위에 뭔가가 있었다고 했다. 마리아는 베개에 고개를 묻고 다시금 힘겹게 생각을 가다듬다가 벌떡 일어나 친구들과 방 안의 말 없는 물건들을 바라보았다.

얼마 후 마리아는 전처럼 친구들과 함께 축축한 키 작은 풀밭을 지나갔다. 하지만 평소에도 부드러운 진지함이 마리아에게 감돌았다면 이제 그녀는 엄숙하다 할 정도로 점점 느릿느릿 움직였다. 얼굴은 싱싱하고 투명하게 밝아졌다. 청혼한 남자 친구와 처음으로 다시 마주쳤을 때 놀란 눈을 한 마리아에게 친구들이 그가 누군지 말하자 그녀는 남자의 간청하는 얼굴을 오래 더 바라보다가는 조용히 몸을 돌렸다. 위에 매달린 초록색 나뭇잎과 매끄러운 하늘에서 뭔가를 찾는 듯했다.

이제 마리아는 자주 홀 앞으로 나와 푸른 하늘 아래 앉아 있었다. 눈은 더욱 온화해지고 더욱 몽상에 잠겼으며 성실한 남자 친구가 곁에 서 있을 때면 머리 옆으로 드리운 그의 손을 쓰다듬었고 그녀의 입술은 예전처럼 그를 조용히 '친구'라 불렀다.

마리아는 잘 자라났으며 점차 성숙해져 활짝 꽃을 피웠다. 마리아가 여린 갓난아이를 안고 무릎을 흔들며 다시 홀 앞에 앉아 있을 때 요제프는 할 말을 잃고 그녀를 바라보았다. 그녀의 눈은 안으로부터 환히 빛나는 듯했다.

마리아는 미소를 지으며 부드러운 얼굴을 들어, 신의 어두운 손이 순결한 그녀에게 내리뻗었던 짙푸른 하늘을 올려다보았으며 입맞춤을 하려고 빛을 향해 살짝 입술을 벌렸고 오래도록 그렇게 있었다.

그리고 향기로운 손에 안겨 무릎 위 넉넉한 흰옷에 누운 무구한 갓난아이에게 평온한 머리와 가슴을 숙였다. 옷의 주름이 희미한 푸른빛 그림자를 드리웠다.

"사랑해, 사랑해. 신의 증표인 아가야."

변신

에르나 라이스[2]에게 바침.

여왕과 부군, 두 사람이 결혼한 후 몇 년 동안은 바람 잘
날이 없었다. 왕위 계승자인 아이가 오래된 성에서 울부짖을
때 측면 성문의 쇠 문짝이 열렸다. 날씬하고 창백한 여왕이 성
안뜰의 자갈밭에 서 있었다. 그녀는 백마 안장에 뛰어올라 소
규모 기마행렬의 호위를 받으며 구불구불한 거리를 통과하고
낮은 집들을 지나고 시장 광장을 거쳐 노란 숲으로 질주했다.
이제 거친 여왕은 다시 나무가 뒤엉킨 큰 숲을 뚫고 내달렸다.
이웃 마을들에서 야유회가, 마을 회관에서는 가장무도회와
가면 놀이가 열렸다. 그때 미리 준비된 옆방은 늘 여왕 폐하의
후끈 달아오른 두 볼로, 떨리는 노골적인 몸과 변덕스레 헐떡
이는 입으로, 은밀하고 달콤하게 더듬대는 목소리로 가득 찼
다. 조용하고 병든 귀족이 이 화려한 축제에서 여왕에게 라일

2   당시 되블린의 약혼자. 후에 부인이 된다.

락을 건네고 그녀 품에 얼굴을 묻었으며 행복과 불안 그리고 자신에 대한 경멸로 그녀 목에 매달려 울었다. 여왕의 부군도 수도사처럼 다시 홀로 자기 길을 갔다. 사람들은 아이러니와 자조에 빠진 뚱뚱한 형체가 때로는 아기 고양이처럼 나긋나긋하고 때로는 굼뜨고 게을리 방들을 배회하는 모습을 보며 슬피 입술을 비죽였다. 부군은 말수가 적었다. 입을 뗄 때면 성내는 소리를 했다. 저녁에 그는 시종 없이 살그머니 숙녀용 건물로 가서 초롱초롱한 눈에 가냘픈 검은 궁녀의 품에 상처 입은 머리를 묻었다. 이제는 여왕의 치마가 비뚤어진 모습을 더 볼 수 없었다. 여왕이 잃어버린 머리핀이 복도에 놓여 있는 일도 없었다. 계단은 여왕의 지치고 낙담한 걸음을 더는 느끼지 않았다. 여왕과 부군, 두 사람은 웃으며 어두운 방들을 나란히 지나갔다. 여왕은 오른쪽 귀 위에 파란 비단 리본을 달고 있었다. 리본은 머리카락에서 아래로 늘어졌다. 그녀의 애인이 묶어 준 것이었다. 부군의 단춧구멍에는 보라색 패랭이꽃이 꽂혀 있었는데 검은색 여자 머리카락 두 가닥이 대놓고 흔들거렸다.

어느 점심때 즐겁게 한담을 나누다 먼저 여왕이, 이어서 부군이 입을 다물었다. 여왕은 천천히 일어나 늘어선 시종들 사이로 말없이 식당을 나갔고, 부군은 그녀 오른손 옆에 있던 자기 왼손을 내려다보며 그대로 앉아 있다가 식기를 밀어서 모아 놓고 말없이 자기 방으로 갔다. 시종과 시녀 들은 부리나케 식사를 마쳤다. 여왕의 방은 닫혀 있었다. 사람들이 말하길 여왕은 방으로 돌아온 후 창가에 서 있었으며 전혀 흥분하지 않았다고 했다. 곧 방문을 열 것이라 했다. 건장하고 굉장히 힘이 센 법률가로 밝은 금빛 수염이 덥수룩하고 눈이 선량하며 피부가 붉은 궁중 고문관은 언젠가 분명 공공연한 추문이 일 것이라 투덜댔다. 그 옆에서 눈과 머리카락이 시커멓고 아랫입술이 툭 튀어나왔으며 뼈가 불거진 노란 얼굴, 매부리코를 가진 조그만 궁정 의사가 얼굴을 찡그리며 기대에 부푼 미소를 지었다.

여왕과 부군은 저녁 식탁에서 나란히 심각하게 앉아 있었다. 별다른 점은 전혀 없었다. 다음 날 여러 모임에서도 마찬가지였다. 그들은 서로 접촉하지 않았고 의자를 움직여 떨어졌으며 상대방으로부터 얼굴을 돌린 채 주변 사람들과 다정히 대화했다. 둘은 거의 한마디도 나누지 않았다. 두 사람의 목소리는 높아졌다. 마치 각자 상대방 말을 엿듣는 듯했다.

사흘째 아침, 어둑한 아침에 여왕의 방으로 가는 복도에서 두 사람이 마주쳤고 멈춰 서 악수했다. 끔찍한 순간이었다. 부군이 여왕의 어깨를 잡았다. 그들은 몇 분간 서로를 바라보면서 자꾸만 시선을 돌렸다. 모든 게 떨렸다. 평소에는 눈을 감은 때만 그랬는데. "가요. 가세요."라고 여왕이 애원하다가 좁은 복도로 휙 돌아가 버렸다.

부군은 자기 방에 앉아 있었다. 이 뚱뚱한 남자는 등받이 없는 의자를 놓고 옷장 앞에 앉았다. 한숨을 쉬고 기지개를 펴다가 엄청나게 큰 화분이 놓인 받침을 밀쳐 넘어뜨렸다. 물이 장화에 튀었다. 그는 물러나 멍하니 고개를 젓다가 열린 옷장에 바짝 다가앉아 안을 뒤졌다.

"가요. 가세요." 이 말이 마치 "와요, 오세요." 하는 소리 같았다. 부군은 금빛 가발을 양손에 들고 돌렸다. 훌륭하군, 정말 훌륭해, 훌륭한 가발이야 하고 생각했다. 가발은 전혀 거슬리지 않았고 놀랍게도 묘하리만큼 편한 느낌을 주었다. 부군은 가발을 썼다. 두피와 가발 쪽에 감각을 총집중해 기분 좋게 가발을 만끽했다. 또 뭘 하지? 모카커피를 마시는 거야. 아니, 아무것도 마시지 않는 거야. 아무것도. 그는 발끝으로 다가가 문을 열고는 복도 전체를 폐쇄했으며 초인종을 작동하지 않게 하고 높이 매달린 벽시계의 추를 멈춰 놓았다. 그러고 다시 자기 방을 둘러보고 이 사이로 흥얼거렸다. 부군은 생각에 잠겨 등받이 없는 의자에 앉아 있었다. 한 벌 한 벌 옷을 끌어다 더듬어 보았다. 더블릿 하나가 마음에 들어 그것을 얼굴에 가져다 댔다. 라일락 냄새가 났다. 그는 그 옷을 입고 가느다란 기사용 검을 허리에 찬 후 거울 앞에서 옷을 아래로 쓸었다. "와요, 오세요." 부군은 온몸을 부르르 떨고 가만히 문을 열고는 이 사이로 계속 흥얼거리며 복도를 따라 살금살금 걸어갔다. 그러다 중간에서 갑자기 멈춰 서서 방으로 되돌아갔고 바닥의 파편 사이에서 붉은빛 도는 보라색 패랭이꽃을 한 다발 모아 조심스럽게 왼팔에 올렸다. 부군이 문지방을 넘었을 때 복도 끝에서 문손잡이가 움직였다. 문이 조용히 열렸다. 밝은 햇빛이 여왕 방에서 좁은 복도로 비스듬히 쏟아졌다. 옷자락 스치는 소리와 함께 가벼운 발걸음이, 여왕의 좁고 도도한 얼굴이 다가왔다. 여왕은 검은 가발을 썼고 가발의 뻣뻣한 곱슬머리가 좋은 사람처럼 창백한 뺨 위로 흘러내렸다. 검은 비단으로 만든 궁정복이 몸에 꽉 끼었다. 두 사람은 팔짱을 끼고 빈방들을 산책했다. 거울처럼 반들반들한 접견실과 식당을 아무 말 없이 거닐었다. 어두운 회화실을 지나갔다. 부군이 어찌나 자유로이 여왕을 이끌었고 그들의 발걸음이 어찌나 딱딱 박자를 맞췄는지. 예전에 그녀, 거친 여왕은 부군에게서 얼굴을 돌렸는데. 두 사람이 여왕의 방문 앞에서 팔을 푼 바로 그 순간 그녀 볼은 후끈 달아올랐고 호흡은 가빴다. 부군은 문지방에 조심스레 패랭이 꽃다발을 내려놓았다. 거친 여왕은 부군의 따뜻한 손을 잡고 붉은 꽃 너머 방으로 이끌었다. 한 무더기로 쌓인 편지와 종이, 책 앞에서 두 사람은 고개를 숙이고 서서 서로의 어깨를 잡고 이마를 맞댔다.

부군 뒤로 문이 닫혔다. 그는 자신의 거울 앞 의자에 앉아 옷을 아래로 쓸었다. 옷을 벗으려 했으나 뭔가 걸리적거렸다. 소매가 착 붙은 듯했다. 부군은 자신의 짧은 금발에 깜짝 놀랐다. 자기 제복을 입고는 양탄자 위에 펼쳐 놓은 낯선 옷을 애무하듯 쓰다듬었다. 그리고 슬며시 뒤에서 거울을 신발 뒤축으로 찼고 나무가 드러난 곳에 못을 박은 후 그 낯선 의상을 잘 보이게 걸어 놓았다.

두 사람은 점심 식사 자리에 함께 앉았다. 이제는 서로 눈을 맞췄다. 부군은 이따금 손으로 얼굴과 머리를 쓸었고 제복의 높은 목깃을 잡아당겼으며 양팔을 식탁 아래로 감추려 했다. 마치 자신이 변장한 듯한 느낌이었다. 도도한 여왕은 부군을 놀려 댔다. 그러다 갑자기 식기를 놓았다. 눈에서는 눈물이 흐르기 시작했다. 그녀는 부드득 이를 갈았다. 사람들이 그녀 뒤를 따라갔고 여왕은 아무것도 묻지 못하게 했다. 한 시간 후 여왕은 침대에 누워 조용히 책을 읽고 있었고 아이가 떠드는 소리가 방해된다는 말만 했다. 아이가 성의 다른 곳에서 지내야 한다고 했다. 여왕은 허약한 아이가 성 공기를 마시기보다는 바닷가에서 지내는 편이 낫지 않은지 내일 궁정 의사에게 묻겠다고 했다. 수심에 차 옆 의자에 앉아 있던 늙은 시녀가 깜짝 놀라 뭔가 대답하려 했지만 여왕은 단호히 시녀를 바라보며 그녀 역시 산보다는 바다 공기가 아이에게 낫다고 생

각하지 않느냐고 다시금 물었다. 이에 늙은 시녀는 고쳐 앉고
는 긴 금목걸이를 만지작거리며 절제된 목소리로 같은 생각
이라 말했다.

밤 10시가 거의 다 됐을 무렵일 것이다. 시녀가 소스라쳐
자리에서 벌떡 일어났다. 그랜드 피아노 앞에 앉았던 젊은 여
왕이 몇 번 똥땅거리는 소리를 내다 의자에서 일어나 시인인
하겐 백작을 당장 불러오라고 했다. 지체 없이 바로 그를 방에
서 접견하겠다고 했다. 그것도 다른 사람 없이 홀로. 젊은 여
왕 폐하는 피아노 뚜껑을 쾅 하고 세게 닫으며 늙은 시녀에게
소리쳤다. 감히 한 번이라도 더 주둥이를 벌리면 따귀를 갈기
겠노라고, 거위 농장으로 쫓아내 버리겠다고, 그곳이 그녀에
게 제격이라고. 여왕은 침소에 든 후 어두운 방에서 홀로 백
작을 접견할 거라고, 자신이 각료와 나라의 통풍 환자 전부에
게 즉시, 전화로, 오늘이든 내일이든 모레든 원하는 때 그 일
을 알릴 수 있다고 했다. 두 사람은 환하게 불을 밝힌 음악실
에서 말없이 계속 앉아 있었다. 여왕은 검은 피아노 뚜껑을 들
어 올리고는 급하게 마주르카를 연주했고 늙은 시녀는 레이
스 손수건을 눈에 갖다 댔다. 11시 30분에 하겐 백작이 도착
했다고 아뢰어 왔다. 여왕은 전에 한 번 이 방에서 백작을 접
견한 적 있었다. 결혼식 이틀 전, 늦은 밤의 일이었다. 그때 창
백한 백작은 피아노 위에 양초 하나만 침침하게 타는 어두운
방으로 몸을 숙인 채 들어갔다. 여왕은 생각에 잠겨 푹신한 팔
걸이의자에 앉아 있었다. 양탄자 위에는 꽃병, 그림, 함 같은
결혼 선물이 잔뜩 널려 있었다. 백작은 여왕 말고는 아무것도
보지 않았다. 그의 뜨거운 머리를 품에 안은 여왕에게 오직 이
말만 했다. "당신이 역겨워. 역겹다고." 그러면서 백작은 계속

떨었고 여왕의 움푹한 눈에서 시선을 떼지 못했다. 여왕 역시 그 시인 말고는 아무것도 바라보지 않았다. 그녀가 양손과 손가락, 입, 뺨, 머리칼에 키스하며, 그를 다정스럽게 어루만지고 흔들흔들해 주며 말한 한마디는 "안녕."이었다. 이제 백작이 문지기들을 물리쳤다. 그가 깊숙이 허리를 숙일 때 늙은 시녀는 절망에 빠져 두 손을 비비며 옆방으로 가려 했다. 하지만 여왕이 시녀를 가만히 쳐다보다가 얼마 후 말했다. 그럴 필요 없다고. 여왕은 금발의 백작을 번쩍거리는 샹들리에 아래에 세워 두고는 둘이 함께한 지난번 사냥의 결과가 어땠는지, 연대에서의 진급을 위해 뭔가 알아봤는지 물었다. 그러고 일어난 후 와 줘서 고맙다고 말하고 작별 인사를 했다. 여왕은 양손을 허리에 대고 웃으며 늙은 시녀에게 얼마나 더 여기 앉아 있을 셈이냐고, 도대체 언제 전보를 보낼 생각이냐고 물었다. 시녀는 고개를 흔들었다.

　오래된 성은 아침까지 계속 조용했다. 그런데 백작이 금지령에도 아랑곳없이 여왕 방으로 들이닥쳤다. 백작은 여왕 앞에서 바닥에 누워 울었고 그녀는 회초리로 그의 얼굴을 때렸다. 백작이 과거의 온갖 달콤한 감정과 애정에 기대 애원할 때 여왕은 팔걸이의자에 앉아 얼굴이 벌게지고 창백해지고 이를 갈고 몸을 떨면서 이야기를 들었다. 백작은 긴 상처 자국이 난 얼굴로 비틀대며 방에서 나갔고 낮에 여행을 떠났다. 그리고 벌써 일주일 넘게 보이지 않았다. 그러자 궁내 장관은 백작이 사라졌다고 보고했다. 여왕은 경멸하며 웃었다. 종복은 자주 바꿔야 하는 법이라고 말했다. 백작이 아직 살아 있느냐는 물음에 궁내 장관이 그렇다고 대답하자 여왕은 엄청나게 폭소를 터뜨렸다. "궁내 장관, 실러의 노래가 어찌나 딱 들어

맞는지 보세요. '오, 여왕이시여. 삶은 그래도 아름다워요.'"

가냘픈 검은 궁녀는 더 이상 방에서 나오지 않았다. 얼굴이 노란 궁정 의사는 갑작스러운 정신 착란이 원인이라 진단하고 궁녀를 감시하게 했다. 어느 날 밤 궁녀는 자신이 가진 검은 옷 전부를 바닥 한가운데에 쌓아 놓고 편지로 불을 붙여 방에 불을 낸 적 있었다. 연기가 여왕 방까지 밀려 들어갔다. 몇 주 후 정신이 맑아지고 피골이 상접한 궁녀는 여왕에게 고향으로 휴가를 보내 달라고 청했다. 이틀 뒤 궁녀는 아버지 영지에 있는 연못에서 익사체로 발견되었다.

그러나 거친 여왕과 뚱뚱한 부군은 성 뒤편 공원에서 몇 시간을 산책했다. 뒤따르던 시종은 두 사람이 거의 말을 주고받지 않았다고만 전했다. 여왕은 부군의 지친 눈과 표정에서 모든 호소와 모든 희망을 앗아 갔고 미동 없는 시선으로 자신을 각인했으며 그를 앞에 무릎 꿇려 굴종적인 애정을 보이게 했다. 산책 중에 두 사람이 서로에게로 귀를 기울일 때면 수풀이 아무리 고요해도 그 살랑거리는 소리가 방해가 되었다. 어느 저녁 두 사람이 정원에서 음악실로 올라갈 때 오래도록 속삭이는 소리가 앞 복도를 통해 퍼졌다. 그들은 흡사 담요에 싸인 것처럼 미끄러지듯 복도를 지났다. 안에 모인 몇몇 사람 앞에서 문이 양쪽으로 열리고 여왕과 부군이 반들반들한 널마루로 발을 디디며 들어왔다. 가면 없이, 유령같이, 사라진 두 사람, 곧 백작과 궁녀와 흡사하게. 엄격한 여왕의 눈에서는 죽은 자들의 검은 광포가 빛났고 부군의 우울한 침묵에는 한풀 꺾인 고통이 드리웠다. 매끈하게 면도한 궁정 사제가 한숨을 푹 쉬었다. 두 사람이 과거의 무거운 짐을 진 게 분명하다고 했다. 몽골 혼혈인 궁정 의사는 두 사람을 응시하며 입을 삐죽 내밀었고 셔츠 가슴팍에 턱을 올렸다. 그로서는 과거가 두 사람에게 작용하는 기이한 방식보다 그들이 현재를, 당장의 현재를 잊는 방식이 더 충격적이라 했다. 두 사람의 삶이 심히 염려된다고 했다.

두 사람은 한시도 빠짐없이 나란히 앉아야 했고 한시도 빠짐없이 서로 속삭여야 했다. 여왕은 꼭 필요한 통치 업무에서 손을 뗐다. 중요한 직무는 추밀원의 연로한 남자들에게 넘겼다. 공식 접견을 취소하고 궁정 식사에도 나타나지 않았다. 어느 날 아침 눈처럼 하얀 옷을 입은 여왕은 부군 방으로 통하는 좁은 복도를 내달렸다. 눈에서 이글이글 타오르던 검은 기운은 희미해졌다. 여왕은 부군의 옷장 문을 정신없이 열어젖히고 안을 헤집었다. 바닥에 누워 물건을 헤집었다. 그러는 동안 부군은 그녀를 위로했다. 여왕은 금빛 가발을 손가락으로 갈기갈기 포악하게 찢었고 라일락 향 나는 더블릿을 마구 구겨 너덜너덜하게 만들었다. 그녀의 왼쪽 위팔에는 물려서 생긴 깊고 오래된 상처가 있었다. 여왕은 일어나 탁자에 놓인 번쩍이는 페르시아 단검을 집어 살에서 상처를 도려냈고 부군이 분출하는 피를 아마포로 멈추려는 것도 밀쳐 냈다. 그녀는 경련하며 바닥에 몸을 던졌고 두 주먹으로 자신의 입과 가슴을 치며 애원했다. "당신이 가야 해. 가서 아이를 죽여야 해. 내 아이가 아니야. 살아 있는 거짓이라고. 당신이 날 생각해 준다면 그 아이를 죽여야 해. 나는 그럴 수 없어." 그리고 절망에 빠진 두 사람은 벌떡 일어섰고 뭔가를 찾듯 서로의 표정을 바라보며 서로의 얼굴을 더듬었다. 부군의 머리는 여왕의 어깨 위로 기울었고 여왕은 절망적으로 "당신, 당신." 하며 흐느껴 울었다.

그녀의 눈물은 긴 나날 흘러내렸다. 두 사람이 성 뒤편의 넓은 공원에 다시 갔을 때는 그들이 모르는 사이에 알록달록한 가을이 와 있었다. 거친 왕비와 우울한 부군, 둘의 얼굴 위로는 촘촘한 베일이 드리웠다. 범접할 수 없는 깊은 평온이 갑옷 입은 파수꾼처럼 그들 주위를 맴돌았다. 두 사람은 사냥을 갔고 거친 들판에서 슬피 우는 자고새를 쐈다. 웃고 열광하며 나란히 말을 달려 돌아왔다. 하지만 두 사람이 어둠 속에서 돌아오는 모습을 보면 얼굴에 똑같이 폐쇄적인 기운이 드리웠음을 알 수 있었으니, 그것은 마치 인어들 몸 위로 흘러내리고 밤이 오면 인광을 발하는, 거미줄처럼 얇고 반짝이는 옷 같았다. 어느 날 두 사람이 서로 떨어지자 궁정 사람들은 깜짝 놀랐다. 부군은 어디로 갔는지 아무도 모르게 사라져 버렸다. 그는 사흘 후 돌아와 태연하게 설명하길 여왕이 내린 비밀 임무를 수행했다고 했다. 궁 안 사람들은 너무도 당황하고 불안해했다. 나라에 소문이 돌기 시작했다.

그러던 어느 날 두 사람은 나라에서 완전히 사라져 버렸다. 수도에서 군대가 병영에 대기하고 경찰이 부리나케 뛰어다니고 내각이 회동하는 사이 해안에서는 일주일 전부터 정박했던 기선 한 척이 출항했다. 하얀 망토에 감싸여 갑판을 거니는 낯선 여왕과 부군에게 선원 몇몇만이 경외에 찬 인사를 올렸다. 배는 닷새간 대양을 항해하다 작은 섬에 정박했다. 보트가 낯선 여왕과 부군을 육지에 내려놓았다.

바닷가에 가난한 어부들만 사는 섬이었다. 수 킬로미터 떨어진 반대편 해안에 작은 마을이 있었다. 푸른 대양 위 작은 섬에서 어부들과 지내던 당시 젊은 여왕과 우울한 부군 사이에 무슨 일이 있었는지는 말로 설명하기 어렵다. 그들은 하얀 석회암 발치나 멀리 뒤에 있는 높은 종려나무 아래에 앉았고 몇 분이라도 서로에게서 눈을 떼는 일은 좀처럼 없었다. 여왕은 점점 더 창백해졌고 어쩌다 간혹 흐느끼면서 고개를 가슴으로 떨궜으며, 부군은 손을 이마에 갖다 댔다. 여왕의 시선은 바다와 부군 얼굴 사이를 오갔다. 푸른 바닷물을 보지 않을 때면 부군은 자신이 그녀 눈을 바라보는 것인지, 자신의 내면을 들여다보는 것인지 알지 못했다. 아무리 꼭 끌어안고 아무리 진하게 입을 맞춰도 두 사람의 우울과 서로에 대한 불안은 끝을 몰랐다.

저녁노을이 매끈한 바다 위에서 이글이글 불탔다. 두 사람은 몇 날이고 하얀 망토를 입고 바위 밑에 앉아 있었다. 이따금 서로 손을 어루만질 뿐이었다. 그들의 시선은 반짝이는 끝없는 물을 계속 바라보았다. 두 사람의 고요한 얼굴이 밝아졌다. 바다가 측량할 길 없는 평온을 발했다. 물가를 지나 평온이 퍼져 나가 백사장과 조약돌, 조개와 바위를 삼켰고 두 사람의 이마를 건드렸다.

그러다 아침이 오고 노란 해가 좁은 해안을 비췄다. 조약돌이 달그락거리고 고운 돌멩이가 울렸다. 거친 여왕의 자주색 망토가 모래밭에 끌렸다. 여왕은 완전히 차려입고 홀로 천천히 푸른 바다로 걸어갔다. 금빛 머리에는 황금 왕관을 쓰고 있었다. 넓게 금란을 두른 자주색 망토가 엄격한 어깨에서 아래로 늘어졌다. 좁은 얼굴은 매끈하고 사랑스러웠다. 젊은 여왕은 가물거리는 빛 속에서 그렇게 홀로 고운 모래밭을 지나 푸른 바다를 향해 갔다. 잿빛 갈매기 두 마리가 모래밭에서 여왕 뒤를 계속 따랐다.

흰 낭떠러지에서 우울한 부군이 벨벳 망토를 입고 맨머리로 내려왔다. 무릎 바로 아래까지 오는 검은 바지는 매끈한 공단으로 만들었고 신발 버클은 은백색이었다. 그는 오른손에 길고 둥근 왕홀을 들고 있었다.

창백한 젊은 여왕과 조용한 부군이 섬으로부터 나아갈 때 번쩍이는 대양은 파도 하나 일으키지 않았다. 파도가 일렁였다. 바람이 손바닥을 펴 행복한 바다를 쓰다듬었다. 시원한 숨을 내쉬는 수면에 바짝 붙어 갈매기들이 쏜살같이 날아갔다.

빛나는 수면 위에 둥근 홀과 황금 왕관이 나란히 떠갔다.

조력자

지난 세기 중엽 뉴욕에서 제조업자 그라소에 관한 소송이 엄청난 추문을 일으켰다. 수수께끼 같은 사건과 그와 함께 일어난 끔찍한 일들이 여러 달 동안 사람들 입에 오르내렸다. 사태가 채 가라앉기도 전에 남부와의 전쟁이 터졌다. 일 년 반이 지나 평화 조약이 체결되었을 때 사건에 대한 기억은 사라져 버렸다. 따라서 이제는 개별 사항을 단편적으로만 모을 수 있을 뿐이다. 그 위에 가공의 이야기가 무성하게 뒤덮인다. 믿기지 않는 사건이 어떻게 우리에게 닥칠 수 있는지, 우리가 어떻게 입술에 미소를 머금고 그런 사건을 지나치고 모든 일이 예전처럼 계속될 수 있는지 정말 놀라울 따름이다.

1850년대 말 뉴욕 변두리에서 ― 지금은 완전히 도심에 속한다.― 한 장의사가 번성을 누렸다. 사장 그라소는 아내와 함께 오 년 전 이탈리아에서 이민 온 사람이었다. 그는 호텔업에 뛰어들어 실패했다가 가구장이가 되어 돈을 벌었고 낡은 관 가게를 인수할 수 있었다. 당시 뉴욕 인구는 20만 명이 될까 말까 했다. 그라소는 오래지 않아 장례 업계를 완전히 장악했다. 드문드문한 주문이나 일반 병원, 군 병원 등의 비교적 공적인 주문만이 다른 업체 손에 들어갔다. 경쟁 업체들은 급격히 쇠퇴했다. 자본력 강하다는 업체들이 필사적으로 저항했지만 그라소를 당해 내지는 못했다. 야단을 떨지 않아도 모든 것이 손쉽게 그라소 손에 떨어졌다.

이렇듯 사업이 번창하는 데 그라소가 아무런 역할도 하지 않았다는 것은 나중에 사건을 조사할 때 비로소 드러났다. 왜냐하면 장의사의 전성기는 마이크 본다라는 젊은 직원이 들어온 것과 거의 동시에 시작되었기 때문이다. 마이크의 출신은 완전히 베일에 싸여 있었다. 사장과 이탈리아어로 대화하는 모습이 눈에 띌 뿐이었다. 가게에 고용되었을 때 마이크는 이미 스무 살쯤이었다고 한다. 그러나 십오 년을 일하는 동안 나이 든 기미라고는 조금도 보이지 않았다고 모두가 확언했다. 그라소 씨와 팔짱을 낀 사진들이 나중에 마이크 집에서 발견되었는데 놀랍게도 마이크는 미동 없이 시간 속에 멈춰서 있는 듯했다. 소년처럼 부드러운 얼굴에는 주름이 깊어지지 않았고 새카만 머리카락 다발은 좁고 흰 이마로 여전히 드리웠다. 게다가 옷에도 — 이런 이야기를 하는 게 다소 우스꽝스럽지만 — 시간의 흔적이라고는 전혀 없는 듯했다. 왜냐하면 마이크가 새 옷을 사는 모습을 본 사람은 아무도 없었으니까. 그는 늘 검은 양복을, 반짝이는 단추가 달리고 블라우스 같은 헐렁한 재킷을 입었는데 수십 년 전에나 걸치고 다녔을 법하게 모양이 고풍스러웠다. 소송 신문에서도 마이크가 어디서 밤을 보내는지 아는 사람은 아무도 없었다. 마이크는 종종 가게에서 밤을 새웠겠지만 대개는 저녁에 작은 개인 마차를 타고 오래된 교외 도로로 세인트플로리단을 향해 갔으며 그런 다음에는 한참을 쥐도 새도 모르게 사라졌다. 하지만 전부 확실하지 않은 소리며 내가 앞서 말한 가공의 이야기에 포함된다. 마이크는 몸집이 작았다. 늘 부드러운 펠트 모자를 썼으며 작고 가는 지팡이를 들고 다녔다. 그리고 살금살금 부드럽게 걸었다. 마이크의 눈에 대해서는 할 말이 전혀 없다. 아무도 그의 눈을 보지 못했기 때문이다. 마이크는 늘 눈꺼풀을 내리고 있었다. 누군가와 대화할 때면 부드러운 눈꺼풀 밑에서 눈알이 돌아갔다. 종종 얇은 입술이 움직여 아름답고 겸손하게 미소를 짓기도 했다. 목소리는 이루 말할 수 없을 만큼 온화하고 음악 같았다. 마이크의 비상한 영향력은 일부나마 목소리로 설명할 수 있을 것이다. 왜냐하면 마이크가 하는 말은 단순하고 무척 건조했기 때문이다. 그는 말수가 극히 적었으며 가게 일 외에는 나무와 뿌리, 들판과 동물 이야기만 했는데 도시 사람이라면 보통 거의 관심을 두지 않는 주제였다. 행운이 마이크와 함께했다. 나중에 밝혀지기로 마이크 본디는 매일 뉴욕 길거리를 돌아다녔는데 하얗고 무서운 동물, 즉 키 큰 하운드종 개가 주인처럼 소리 없이 그 뒤를 따랐고 텅 빈 눈으로 주위를 둘러보았다. 마이크 본디는 병자들 집에 가 이야기를 나눴다. 아무도 그를 거부하지 않았다. 병자들은 사제나 의사보다는 마이크를 불러오게 했으며 그가 몇 마디 하지 않고 얼마간 있어 주면 고마워했다. 마이크가 만나고 간 병자는 더욱 평온해지고 고통에서 해방되었지만, 소송 조사 결과, 죄다 죽었다. 전부 일주일이 채 지나지 않아 지극히 평화롭게 세상을 떠났으며 아무도 손을 쓸 수 없었다. 마이크를 만난 이들은 그에게 신뢰를 느꼈는데 이유는 설명하기 어려웠다. 중병에 걸리면 그들은 헤어날 수 없게 중독된 사람처럼 마이크를 불러오게 했다. 마이크는 병자에게 다가가지도 뭔가를 주지도 않았으며 병자를 건드리지도 않았다. 전부 소송 조사 결과 밝혀진 사실이었다.

마이크 본디는 사장 부인과 친하지 않았다. 그라소 부인은 정열적인 남자를 좋아했다. 부정한 여자들이 그렇듯 질투가 심한 그녀는 남편이 젊은 여자를 멀리하고 마이크와 가깝게 지내는 것을 반겼다. 부인은 달콤한 밀회의 여운 속에서 아직 숨을 몰아쉬며 저녁 늦게 집에 돌아올 때면, 그 조용한 기인과 팔짱을 끼고 어두침침한 거리를 산책하는 남편의 목에 달려들곤 했다.

봄이 끝나 갈 무렵 그라소 가게 옆집에서 법률 자문가 마틴의 젊은 아내가 갑작스레 죽었다. 두 아이를 떠맡은 홀아비가 된 마틴은 죽은 아내에게서 떨어질 줄을 몰랐다. 아내와 사별한 후 수심에 찬 밤을 보내던 마틴에게 생각이 하나 떠올랐다. 시신을 임종한 자리로부터 옮겨 그의 능력이 닿는 한 멋지고 화려하게 석관에 안치하는 것이었다. 마틴은 이런 상상에 생기가 돌아 11시경에 잠자리에서 일어나 옷을 입었고 오래전부터 친분이 있던 그라소를 찾아갔다. 가게 문은 닫혀 있었다. 블라인드 틈으로 흐릿한 붉은 빛이 흔들리며 포석에 가는 줄을 그렸다. 마틴 씨는 넓은 대문을 열고 칠흑같이 어두운 마당을 비틀거리며 지났고 약간 열린 옆문을 통과해 가게와 곧장 이어지는 긴 복도로 갔다. 가게 쪽 커튼이 가볍게 살랑거리는 소리가 났다. 마틴의 눈은 겨우 어둠에 익숙해졌다. 벽과 통로 안, 낮은 궁륭 아래에 관이 있었다. 모두 열린 채로 서 있었다. 관들은 아무런 기대도 욕망도 없이, 비밀스러운 적막과 더불어 스스로에 몰두했는데 몇몇만은 한숨을 쉬고 뭔가를 애타게 갈망하고 있었다. 흐릿하고 붉게 깜박거리는 등불 속에서 마틴 씨는 뭔가 뒤쪽 벽감에서 움직이는 것을 보았고 속삭이는 소리를 들었다. 그라소 씨가 그곳에서 관 앞에 무릎을 꿇고 있었다. 관에서 하얀 두 팔이 올라왔다. 레이스 소매가 내려갔다. 그라소 씨는 고개를 더 깊숙이 숙였고 여자의 야트막한 가슴에 얼굴을 묻었다. 그는 "베시."라고 하고는 아주 조용히 뭔가 잔뜩 중얼거렸다. 여자는 "에르네스토."라고 대답했고 우는 것 같기도 웃는 것 같기도 했다. 여자의 목소리는 무척 감미로웠다.

마틴 씨는 심장이 너무도 뛰어 목구멍까지 꽉 막히는 듯했다. 심하게 충격을 받아 뒷걸음질해 밖으로 나왔고 석관을 주문하는 일도 잊었다. 그는 자기도 모르는 새에 침대에 누워 있었고 동이 트자 옷을 입고 그라소 부인에게 달려갔다. 부인은 헐렁한 치마를 입고 부엌에 서 있다가 이른 방문에 당황해 숄을 걸쳤다.

처음에 그녀는 믿지 못하고 이웃 남자를 빤히 바라보았다. 그가 젊은 아내를 잃고 제정신이 아니라 생각했기 때문이다. 하지만 곧 행주질을 멈췄고 커피 가는 기계를 돌바닥에 떨어뜨렸으며 왼쪽 아래팔을 깊게 깨물었고 서랍을 뒤적여 날카로운 식칼을 찾아 부엌 나무 벽을 여러 차례 찔렀다. 부인은 그 천한 여자의 모습이 대체 누구를 닮았느냐고, 그가 어림잡아 말도 못할 만큼 별 관심이 없었던 것 아니냐고 벌컥 소리를 질렀다. 그녀는 말릴 수 없게 큰 소리로 울다가 결연하게 일어나 오늘 밤 모든 걸 직접 밝혀내겠다고 했다. 그러고 마틴 씨가 화들짝 놀랄 정도로 단호하게 집 문을 열어젖히고 남편보고 들어와 보라고 외친 후 창밖을 내다보고 검고 굵은 머리칼을 딿으면서 말했다. 마틴 씨가 전하길 교외 스타튼에 있는 그녀 어머니가 아프다고. 곧장 가서 이삼일 있어야겠다고. 이어서 세 사람은 거실 탁자에 말없이 앉았다. 그라소 부인은 자주 심하게 떨었고 한 차례 바닥에 잔을 떨어뜨렸다. 그라소 씨는 그것이 장모에게 행운을 뜻한다고 말했다.

부인은 온종일 마틴 씨 집에서 아이들을 돌보다가 저녁 10시쯤 어두운 거리를 지나 마당으로 살금살금 들어섰다. 거실에 불을 켜고 홀로 소파에 앉은 그라소 씨가 열린 창으로 보였다. 맥이 다 풀린 채 슬픈 얼굴로 멍하니 앞을 바라보고 있었다. 둔한 그라소 씨가 입술을 움직였다. 주름투성이 얼굴은 완전히 축 늘어져 있었다. 그가 창 쪽을 바라보았을 때 벌겋게 부은 눈에는 눈물이 글썽거렸다.

부인은 문 바로 옆, 좁은 관 속에 누워 있었다. 이가 덜덜거렸다. 손이 가만히 있지 않아 식칼을 꽉 쥐기 힘들었다. 11시가 거의 다 되었을 때 복도로 누가 살금살금 부드럽게 걸어오는 소리가 들렸다. 커튼이 가볍게 살랑이는 소리가 났다. 작은 빛이 깜박였고 부인은 한눈에 마이크 본디를 알아보았다. 그녀는 이미 그를 천 번은 보아 왔고 구부정한 자세와 좁고 흰 이마로 드리운 매끈한 머리칼, 내리깐 눈꺼풀을 알았다. 하지만 이제는 그의 소리 없는 걸음에 공포를 느꼈다. 그녀는 몸에 기운이 쭉 빠져 버린 듯했다. 그것은 인간의 걸음이 아니었다. 그녀는 비명을 지르지 않으려 몸을 쭉 뻗어 힘을 주고 팔을 한껏 입에 쑤셔 넣는 수밖에 없었다.

마이크는 부인을 지나며 한 손가락으로 불을 껐다. 부인이 눈을 감았다가 눈꺼풀을 들어 올렸을 때 마이크 본디는 더 이상 보이지 않았다. 그런데 마이크가 간 곳을 보니 어둠 속에 하얀 빛이 있었고 구부정한 해골이 천천히 나아가고 있었다. 죽음의 화신이 발을 끌며 걷고 있었다. 그것은 관 속으로 뛰어들었고 관 위로 아직 빛이 보였다. 이때 그라소 씨의 무거운 걸음 소리가 궁륭에 울렸다. 그라소 씨는 기절하기 일보 직전인 부인을 지나 등잔에 불을 붙였다. 그라소 부인은 이로 칼을 물고 몸을 일으켰다. 거인같이 큰 남편을 따라 올라갔고 걸음을 뗄 때마다 기둥과 벽을 꽉 붙들었다.

덩치 큰 그라소 씨가 유령이 뛰어든 관 앞에 엎드렸다. 하얀 두 팔이 그를 향해 올라왔다. 부인은 열린 재킷과 젊은 여자의 야트막한 가슴을 보고 소스라치게 놀라 물러섰다. 축축한 주름투성이 얼굴이 여자의 가슴으로 파고들었다. 문으로 물러나면서 부인은 젊은 여자의 평온한 얼굴을 한 마이크가 일어나 낙담한 남편을 끌어다 다정하게 작별 인사를 하고 둘이 포옹하는 모습을 보았다. 그녀는 겨우겨우 부엌으로 걸어갈 수 있었다. 그리고 두 시간 동안 정신을 잃고 누워 있었다. 부인은 남은 밤을 경찰서에서 보냈는데 경찰은 그녀를 아픈 사람 취급했다. 다음 날 아침에 법률 자문가 마틴 씨를 불러오고 나서야 경찰관 둘이 부인과 집에 가서 사장과 본디를 체포했다. 두 사람은 저항하지 않았다.

그라소 씨는 이어지는 공판에서 끝까지 입을 꽉 다물었다. 본디의 몸을 조사한 결과 스무 살 여자의 몸이었다. 하지만 그녀가 본래 누구인지는 밝혀낼 수 없었다. 삼 주 후 그라소의 지하실에서 현장 검증을 할 때 비로소 여자가 입을 열었다. 애초에 말하길 자기 이야기를 믿지 못하리라고 했다. 이름은 베시 베닛, 뉴욕 센페어 태생이라 했다. 여자는 팔십 년 전 그곳에 살았고 스무 살 때 폐결핵에 걸려 병원에 누워 있었다.

무슨 일이 있어도 절대 삶을 하직하고 싶지 않았다. 그녀는 몇몇 이들처럼 죽음과 싸웠고 자신이 죽으리라고는 믿으려 들지 않았다. 왜냐하면 폐가 병든 것이지, 그녀 자신에게는 여전히 삶의 욕구가 넘쳐 분출할 지경이었기 때문이다. 그때 뭐라 일컬을 수 없는 미지의 힘이 여자의 안락의자에서 일어섰고 그녀를 죽음의 종으로 만들었다. 여자는 돌아올 수 있었지만 춤을 추기 위해서는 아니었다. 이제 여자는 세상을 하직하려는 이들을 자비로운 힘의 이름으로 죽일 수 있었다. 바보같이 죽음을 두려워하지 않도록 하고 마음을 진정시킨 다음 잽싸게 끝장을 내 주었다. 그녀는 조력자로 사람들에게 보내졌고 자애로운 죽음을 불러왔다. 그러다 그라소 씨를 사랑하게 되었던 것이다. 여자는 이제 자신들이 헤어지는 것이 좋겠다고 했다. 그러지 않으면 곧 그라소 씨를 위해 영원히 죽을 수밖에 없기 때문이라 했다.

베시 베닛이라는 여자가 백 년 전쯤 센페어에 살았고 그곳 병원에서 스무 살 나이로 죽었다는 것이 사실로 드러났다. 그런데 그녀의 시체는 부검장으로 가던 중 괴이하게 사라져 버렸다. 이 때문에 간호사 둘이 업무 태만으로 해고당했다. 자기들은 잘못이 없다고 주장했지만 소용없었다. 온갖 조사를 벌였으나 성과는 없었다.

판사진은 두 번째 현장 검증에서 조사 결과를 검토한 후 무수히 많은 사람을 독살한 혐의로 베시 베닛, 이른바 마이크 본디에게 죄를 물었다. 그리고 범행에 사용한 가루약을 즉시 내놓으라고 했다. 그러지 않으면 흉악 범죄임을 고려해 형틀을 찾아 그녀를 묶어 놓겠다고 했다. 또한 이제 선량한 가면을 벗고 솔직하게 판사들 얼굴을 보라고 명령했다. 평소처럼 검은 양복을 입은 베시는 미소를 지었으나 좁은 이마가 붉어졌다. 그녀는 수갑을 풀고 보내 줬으면 좋겠다고 부탁했다. 판사들은 그러한 조롱에 격분해서 여자를 채찍질하도록 형리 둘을 불러오게 했다. 신문에 참석한 숱한 방청객도 곧 사악한 독살범에 대한 격분을 참지 못했다. 그들은 자리에서 일어나 파렴치한 여자에게 달려들려 했다. 판사진은 군중을 통제하지 못했다. 베시는 다시 한 번 판사진 앞으로 나아가, 구속된 손을 풀어 달라고, 시간이 없다고 조용히 말했다. 제발 포승줄을 끄르고 내보내 줬으면 좋겠다고 했다.

어떤 난폭한 젊은이가 뒤에서 베시의 어깨를 때렸다. 폭도가 먹잇감을 향해 미쳐 날뛰었다. 그 순간 모두가 갑자기 가슴에 답답증을 느꼈다. 누군가가 헐떡이면서 창문을 깨부쉈지만 신선한 공기도 소용이 없었다. 판사 하나가 입술이 새파래져 문으로 뛰쳐나갔고 거리에 풀썩 쓰러졌다. 나머지 판사 열 명은 잠자는 것처럼 의자에 앉아 있었다. 그 낡은 정적은 잠시 궁륭에 감돌다가 몸들이 쓰러지는 소리의 반향에 깨졌다. 방청객들은 앞 벤치를 넘어 돌진했다. 검은 머리의 베시는 눈을 크게 뜨고 주변을 죽 둘러봤다. 베시는 이 사이로 노엽고 날카롭게 휘파람을 불었다. 한 남자가 밖에서 비틀거리며 들어와 그녀 팔을 움켜줬다. 베시는 남자의 머리칼을 만졌고 그의 발을 향해 입김을 불었다. 남자에게서 불길이 활활 타올랐다. 남자는 쉰 목소리로 비명을 지르며 비트적비트적 물러나다가 쿵 하고 바닥에 쓰러졌다.

검은 머리의 베시는 몸을 숙이고 있었다. 그녀는 몸을 일으켜 세우며, 관자놀이를 만지며, 넓은 궁륭 한가운데에서, 검은 화염에 휩싸여 천장을 향해 타올랐고, 자욱한 연기를 내뿜는 불기둥 속에서 건물 위로 솟았다.

근처 모든 거리에 있는 사람들이 짙은 연기에 질식해 죽었다. 유례가 없는 엄청난 화재가 정확히 두 시간 동안 계속되었다. 아이와 여자를 포함해 약 육백 명이 불에 타 죽었다.

그리고 해당 구역 전체가 폐허로 변했다. 며칠간 아무도 독한 연기에 다가가지 않았다. 판사들과 피고인은 동시에 사라졌다. 자애로운 죽음이 거리를 지나가고 그 뒤를 하얗고 거대한 하운드종 개가 주인처럼 소리 없이 걸으며 텅 빈 눈으로 주위를 둘러보는 모습을 이후로 더는 볼 수 없었다. 다만 병자들이 섬망 상태에서 말하길 묶이지 않은 하얀 개가 그들 가슴으로 뛰어올라 텅 빈 눈으로 겁을 주었으며 긴 송곳니로 목을 짓눌렀다고 한다.

자애로운 죽음에 관한 이야기, 죽음의 조력자를 몰아낸 일에 관한 이야기는 아직도 그 나라에 생생하게 전해져 온다.

틀린 문

새벽 4시 보초가 병영 마당의 높은 벽에 총을 기대 놓고 사슬을 아래로 당겨 마지막 가스등을 끄고는 터키모자를 얼굴로 눌러쓰고 이마는 메카를 향한 채 짧은 아침 기도를 중얼거렸다. 채소 수레와 당나귀가 끄는 우유 수레 들이 속보로 잿빛 가도를 지나 잠든 도시를 향해 갔다. 장교 카지노의 낮은 창이 길 너머 반대편 가로수까지 계속해서 넓은 불빛을 드리웠다. 막 불기 시작한 매서운 아침 바람은 길게 뻗은 식당과 카드놀이방으로는 한 줄기도 들이치지 않았고 짙은 연기 속에서 흥분한 신사들이 움직였다. 그들은 제복 상의를 느슨하게 풀고 안락의자에 몸을 파묻고 있었다. 둥근 녹색 탁자에 서넛씩 몰려들어 사나운 눈빛으로 탁자에 카드를 비스듬히 던진 후 몇 분간 숨죽이고 조용히 있다가 갑자기 시끄럽게 소리를 지르고, 서로 어깨를 잡고, 방을 돌며 춤추기도 했다. 완전히 난장판이 된 식탁 머리에는 지난밤의 주인공인 키리아스 형제가 주당 무리 속에서 영광의 잔을 앞에 두고 여전히 앉아서 지중해 항해 때의 추억을 만끽하고 있었다. 이름이 닉인 동

생은 형처럼 눈이 검은색이었지만 성미가 불같고 볼이 통통
했으며 뻣뻣한 머리를 짧게 깎았고 두툼한 입술 위에는 콧수
염이 줄처럼 가늘게 났는데 아무도 제대로 듣지 않는 이야기
를 높고 부드러운 목소리로 침을 튀겨 가며 끊임없이 떠들어
댔다. 수염이 덥수룩한 건강 염려증 환자인 형은 이따금 동생
이야기에 끌려들어 엄숙하게 띄엄띄엄 이야기를 이어 갔지만
결정적인 대목에 이르는 즉시 소스라치며 불안하게 두 손가
락으로 성냥을 집고 일어나 미소를 지었고 그러면 닉이 이야
기를 끝낼 수밖에 없었다. 닉은 자기들 둘이 몬테카를로에서
건 어마어마한 액수의 판돈과 게임을 할 때 써야 하는 속임수
에 대해 말했다. 당시 그는 부적을 계속 손에 쥐기도 했고 한
번은 탁자 아래에서 몰래 장화를 벗고는 양말만 신은 채 게임
을 한 적도 있었으며 이런 방법이나 다른 여러 수가 아무 효과
도 없었음에도 굴하지 않고 늙고 못생긴 여자에게 시켜 금요
일 아침에 은행에서 판돈을 찾아오게도 했다. 밑이 뾰족한 술
잔이 닉의 포동포동한 손에서 떨어지는 바람에 주름진 셔츠
가슴팍 위로 포도주가 방울져 묻었다. 이르펜 중위가 카드놀
이방의 문에서 다가와 말없이 닉 맞은편 등의자에 떡하니 앉
았을 때 닉은 자신이 어떻게 게임에 능수능란해졌는지 막 이
야기하기 시작한 차였다. 그는 우선은 돈을 적게 걸고 세 시간
쯤 게임 흐름을 지켜본 후 순간적으로 아무 카드 조합이나 내
고 간단하게 확률을 계산하는 방식으로 요령을 터득했다. 이
제는 승률이 약 80퍼센트 상승했다. 닉은 창가 책상에서 흰
압지철을 집어 목탄으로 표를 그렸다.

키 큰 중위는 말 타는 자세로 등의자에 앉아 닉을 응시했
다. 윤곽이 굉장히 뚜렷한 얼굴은 매끈하게 면도했고 윗입술

은 불룩 튀어나와 심하게 실룩거렸다. 머리는 민숭민숭했다. 관자놀이와 뒤통수 부분 머리카락은 후추처럼 회색이었고 떠 있었다. 두 눈썹은 코가 시작하는 부분에서 기울어 날카로운 각을 이뤘다. 평소라면 이리저리 떠돌았을 눈은 오로지 취기 때문에 한곳을 응시했고 흐릿한 회색 뺨은 얼룩덜룩 붉게 물들어 빛났다. 이르펜은 카지노에 자주 나타나지 않았다. 그는 ─ 그의 상관들뿐 아니라 가장 최근에 들어온 신참들도 아는 일이었는데 ─ 도시에서 가장 보잘것없고 지저분한 술집들을 돌아다녔으며 당번병들은 아침이면 형편없는 선술집들을 다니며 그를 찾아다니기 일쑤였다. 하지만 이르펜은 통찰력이 특출하고 근면을 철칙으로 삼았기 때문에 엄격한 규율과 관련해서는 따라올 자가 없었다. 그는 이상한 사건을 일으켜 삼 년 전쯤 수도에서 이 지방 주둔 부대로 전임된 터였다. 당시 봄 기동 훈련에서 대대적인 진급이 예정되었을 때 이르펜은 군단 참모부에 좋은 자리를 제안받았다. 아름다운 3월 밤, 부대가 출동하기 전날에 이르펜은 부리나케 여러 마을을 지나 시골 선술집에서 코가 삐뚤어지도록 술을 마셨고 마을의 악명 높은 마녀 집에서 밤을 마무리 지었다. 그전에는 그 집 창문을 박살 냈다. 아침 점호가 얼마 남지 않았을 때 이르펜은 백마와 함께 연병장에 나타났는데 나중에도 그것이 누구 말인지 알지 못했다. 머리카락에 밀짚이 꽂히고 왼쪽 소매가 겨드랑이까지 찢어진 꼴로 말 위에 꼿꼿이 앉은 이르펜의 옆을 부대장이 지나가다가 다시 말을 돌렸고 처음에는 당혹한 빛을 보이다 나중에는 냉소적인 미소를 지으며 그를 쳐다보았다. 밤에 이르펜은 자신의 명마를 총으로 쏴 죽이고 부대장 마구간으로 밀고 들어가 담당 병사를 역겨운 방법으로 학

대한 뒤 부대장의 소중한 말 두 필도 쏴 죽였다.

이르펜은 탁자 위로 손을 뻗쳐 젊은 닉의 손에서 목탄과 압지를 집어 가며 말했다.

"정신 차려, 이 친구야. 계산이 정확히 맞아야 하잖나." 그러고는 눈을 감고 가로놓인 목탄을 표 사방으로 움직이면서 빨간 압지철의 테두리를 더럽혔다. 곧장 벌떡 일어난 닉이 깜짝 놀라고 조금은 어리둥절해 묻자 이르펜은 거칠게 염소 소리 같은 웃음을 터뜨렸다. 닉이 똑바로 서서 크게 소리를 지르며 왜 그러는지 자세히 이야기해 보라고 요구해도 이르펜은 그저 경멸하듯 "숙명. 운명만이 있을 뿐이야."라고만 대답했다. 그러자 흥겹던 분위기가 당혹스럽고 진지하게 바뀌었고 옆방 사람들도 그쪽을 주목했다. 그런데 회색 중위가 갑자기 몹시 신중하게 의자를 돌려 양팔로 앞 탁자의 물건을 치우고 그 위에 앉아 팔베개를 하고 늘펀하게 가로누웠다. 왼쪽 눈은 꼭 감았고 왼쪽 입꼬리는 처졌으며 긴장한 표정이 되었다. 이르펜은 왼팔을 휘둘러 탁자를 치고 말했다. "닉. 뭐든 원하는 걸 말해 봐. 무엇이든 원하는 걸 해 보라고. 내 장담하지. 자네한테 행운이 있다면 자네는 부대를 그루터기만 남은 들판으로 거꾸로 행군시킬 수 있고 아무도 자네한테로 넘어지지 않을 거야. 그렇지 않다면 원하는 걸 해도, 야전 침대에서 고생하고, 죽도록 노력해도, 아무 소용이 없어. 행운은 자네한테 오지 않아. 행운한테는 자네 방 열쇠가 없거든. 그게 문제야. 손 떼라고. 밧줄로 목을 잡아당긴다 해도 행운은 결코 자네 문지방을 넘지 않으니까." 그러자 닉이 맹렬하게 그를 비웃었다. 하지만 이르펜은 침착하게 말을 이었다. "자네한테 말해 주지. 그리스 포도주 한 주전자만 더 가져다줘. 오늘 잠자리에

들 때 한번 시도해 볼게. 다시 한 번. 물론 자면서 말이야. 웃긴 일이지. 왜냐하면 깨어 있을 땐 아무것도 안 되거든. 나는 자면서, 내가 알고 싶거나 알고 싶지 않은 걸 물을 거야. 그게 뭔지는 몰라. 그리고 대답을 받아서 깨어날 거야. 여기 봐……."
왼팔로 고개를 받치고 상반신을 완전히 쭉 편 채 탁자에 누운 이르펜은 손을 벌려 공중으로 뻗었다. "여기에서 이렇게 잘 거야. 숙명이라 말하고 미래에 물어볼 거야. 그러면 미래가 그에 답할 거야." 이르펜은 주먹으로 탁자를 쾅 쳤다. 그는 완전히 확신에 차 말했다. 그리고 삼십 분도 채 안 되어 탁자에 쓰러져 잠들었다.

낮 2시쯤에 그가 깨어났다. 그가 말없이 방을 지나갈 때 젊은 닉이 그를 놀려 댔다. 이르펜은 기억을 되짚었다. 자면서 아무것도 묻지 않았고 아무것도 떠오르지 않았다. 그는 시내로 갔다가 8시에 돌아와 어두운 얼굴로 다시 술을 마시려 앉았다.

몇몇이 무리 지어 술을 퍼마시기 시작했다. 주변이 막 시끄러워지는 가운데 이르펜은 생각에 잠겨 앉아 있었다. 그러다 10시경 갑자기 일어서서 잔을 탕 소리가 나게 탁자에 내동댕이치고 창밖 가스등 불빛에 시선을 고정한 채 말없이 뻣뻣하게 있었다.

"그만, 그만." 하고 이르펜이 소리쳤다.

그러면서 가스등에서 눈을 떼지 않았다. 등은 전혀 깜박거리지 않았다.

"6번지, 6번지야."

"빌어먹을, 왜 저래?"

"6번지라고."

"운명이야." 닉이 깜짝 놀란 형에게 속삭였다.

"어느 거리 말이야, 이르펜?" 탁자 끝에 앉은 사람이 외쳤다.

"6번지야."

"이봐, 페라 거리라고." 다시 이르펜이 울부짖었다. "거기에 그녀가 살아!"

이르펜은 말없이 그대로 서 있었다. 그는 뭔가 중얼거렸다.

"페라 거리야." 이르펜은 이 말을 아주 나직하게 자동적으로 되풀이했고 갑자기 자리에 앉아 매우 평온하게 단번에 술잔을 비우고 주위를 둘러보았다. 일순간 카지노에는 당혹스러운 분위기가 감돌았다. 그러다 한 사람이 웃었고 이어서 모두가 왁자지껄 웃음을 터뜨렸다. 닉이 펄쩍 일어났다. "이봐들, 운명이 말을 했어. 연기를 피워 우리의 피티아3를 나오게 하자고." 사람들이 중위에게 달려들어 그처럼 탁자를 쳤다. "브라보, 예언자여!"

그들은 무엇을 물었느냐며 이르펜을 들볶아 댔다. 이르펜은 민숭민숭한 머리를 쓸고 중얼댔다. 기억이 안 난다고. 그러자 웃음이 그칠 줄을 몰랐다.

이르펜이 독한 그리스 포도주가 든 단지에서 스스로 술을 따르며 태연하게 말하길 자기는 한 시간 후에 갈 거라고, 운명이 그렇게 말했다고, 자신은 받아들일 수밖에 없다고, 그러니 증인을 한 명 뽑아 달라고 했다. 닉이 자원해 뽑히고 젊은 이들이 거칠게 야단법석을 떨기 시작하자 이르펜은 만족스럽게 웃었다. 동료들은 여장을 하고 6번지 집 부인들인 양 이르

---

3 델포이 아폴론 신전의 무녀. 연기를 들이마시며 예언을 했다.

펜 앞에 나타나 부끄러움을 가리는 베일을 들어 올리며 끔찍하게 얼굴을 찡그렸고 유혹적이고 격정적으로 외쳤다. "운명, 운명이여!" 11시를 조금 앞두고 카지노 당번병들이 이르펜과 닉에게 외투를 걸쳐 주고 검과 리볼버를 채워 주고 터키모자를 건넸다. 남은 이들은 두 사람이 올 때까지 기다리기로 했고 이르펜과 닉은 두 줄로 도열한 동료들을 지나 문밖으로 나갔다. 이르펜은 평소 카지노를 나설 때처럼 완전히 침착한 시선으로 앞장섰고 그 뒤를 닉이 조금 취한 채 무척 유쾌하게 으스대며 따랐다.

두 사람은 신선한 밤공기 속으로 발걸음을 내딛기 시작했다. 닉이 포석 위로 비트적거리며 지껄여 댔지만 이르펜은 아무 대답도 하지 않았다. 그러자 닉도 더는 말이 없었다. 첫 길모퉁이에서 손짓으로 방향을 가리키려던 닉은 이르펜이 고개를 가슴으로 떨궈 터키모자가 떨어질락 말락 하고 모자 술이 늘어진 것을 보았다. 가로등 옆에서 보자 중위는 눈을 꼭 감고 걷는 듯했고, 잔뜩 긴장해서 입꼬리가 처졌다가 얼굴에 다시 굳은 확신이 떠오르는 것 같았다.

벌써 당황한 닉은 불안에 사로잡혀 팔다리가 마비되었다. 옆에서 걸어가는 굳은 진지함과 완고함을 한 번 더 예리하게 응시했을 때 닉의 손은 기겁해 움찔거렸다. '무슨 일을 저지를 거야.' 닉의 머리를 스치는 생각이었다. 당장 멈춰 서서 달아나고 싶은 마음이, 지금 벌어지는 일을 누군가에게 알리고 싶은 마음이 간절했다. 하지만 멈출 수는 없었다. 물론 우스꽝스러운 일이기도 했다. 이르펜은 발을 끌며 앞에서 갔고 닉을 놓아주지 않았다. 건물에 바싹 붙어 놀라우리만큼 한결같은 걸음으로 발을 질질 끌며 조금씩 나아갔다. 두 사람은 넓은 대로에서 길고 좁은 페라 거리로 접어들었다. 그곳에는 가로등 하나 켜져 있지 않았다. 낡은 단층집 앞에서 중위가 멈춰 섰다. 고개는 들지 않았다. 집을 찾으려 위를 보지도 않았던 것이다. 그들은 거의 삼십 초 동안 아무 소리도 안 내고 작은 문 앞에 서 있었다. 6번지였다. 정말로 6번지였다. 이어서 이르펜이 오른손을 이마에 대고는 몸을 돌리지 않고 말했다. "닉, 부탁 하나 하지. 우리 잠깐 알라신을 생각하자고. 그러고 나서 얼마간은 알라신을 잊어야 해." 이르펜은 어느새 금속 쇠고리를 올렸다가 나무 문으로 떨어뜨렸다. 그러고 다시 고개를 숙인 채 서 있었다. 기다렸다.

닉은 이르펜 옆으로 갔다. 누군가가 쿵쿵거리며 계단을 내려와 현관문에 바싹 붙어 멈추고 문손잡이를 당겼다. 퉁 소리와 함께 시끄럽게 삐걱거리며 문이 열렸다. 맨머리에 셔츠 바람인 하인, 회색 수염이 난 크로아티아인이 엄청나게 큰 휴대용 등으로 제복을 비추며 무슨 일로 오셨느냐고 정중히 물었다.

"아무 일도 아니오." 이르펜이 대답했다. "계단으로 올라가게 해 주시오." 그러고 크로아티아 하인을 옆으로 밀려 했다. 당황한 하인은 한 계단 위에 다리를 넓게 벌리고 서서 등을 옆에 내려놓고 한 번 더 닉을 바라보고는 다시 물었다. 그 사이 위에서 가냘픈 남자 목소리가 꾸짖는 것이 들렸다. 구부정하고 노쇠한 대머리 신사가 나이트가운을 입고 절뚝절뚝 계단을 내려와 두 장교를 보고는 술 장식을 모으고 무척 근엄하지만 무뚝뚝하진 않게, 누구를 찾느냐고, 그게 아니면 누가 보내서 왔느냐고 물었다. "누가 보내서 온 게 아니오." 이르펜이 호통치듯 대답했다. "여기 이 집에서 뭘 좀 봐야겠소." 작은 신사는 몸을 꼿꼿하게 세우고 비쩍 마른 장교의 꿈쩍없는 얼굴을 유심히 쳐다보고는 무척 불안하고 당혹스럽게 말했다. "장교님들께서 거리나 번지수를 착각하셨나 봅니다. 당최 알 수가 없군요. 위에서는 부인들만 자고 있습니다. 그 밖에 여기 사는 사람은 없어요. 지금은 누구도 들여보낼 수 없고요." "댁 숙녀분들의 잠은 물론 무척 중요하오. 하지만 미뤄서는 안 될 중요한 임무가 있소." 크로아티아 하인과 신사는 잽싸게 눈빛을 주고받았다. "정말 6번지가 맞나요? 페라 거리 6번지 말입니다, 장교님들. 뭔가 착오나 혼동이 있는 게 분명한 것 같습니다만." "계단을 올라가게 해 주시오, 선생." 이르펜이 재촉했다. "내 일에는 신경 끄시고 말이오. 위에 아무것도 없다면 내가 틀린 거 아니겠소. 아무 말 말고, 올라가게 해 주시오!" "부인들 침실에 들일 순 없습니다. 마지막으로 부탁드리는데 문에서 물러나 주십시오." "숙녀분들께는 손끝 하나 대지 않겠소."

　"제발 가 주십시오. 사람을 부르겠습니다, 장교님." "전 부대에 비상을 건다 해도 난 올라가겠소. 닉, 이리 와. 이젠 날 도와줘야겠어." 이르펜은 신사 옆으로 난간을 향해 더듬거렸다. 그러자 신사가 발끈해 말했다. "제발 난간에서 손 떼시고 절 건드리지 마시지요." 크로아티아 하인이 뒤에 있는 등을 더 높은 곳에 놓고 이르펜 앞에 바싹 서서 그의 팔에 굳게 손을 올렸다. "닉, 이 사람들 좀 어떻게 해 줘. 내가 틀렸다면 틀린 거겠지. 그래도 자네 눈으로 직접 봐야 해." 위에서 황급한 걸음 소리와 옷자락 스치는 소리가 들렸다. 두려움에 가득 찬 여자 목소리가 외쳤다. "올라오게 놔둬요. 제발, 카리." 하지만 격분해 떠는 크로아티아 하인이 갑자기 이르펜의 가슴을 쳐서 그를 뒤로 내팽개쳤고 문을 쾅 닫아 버렸다. 이르펜이 매달려 버티며 양팔로 허술한 문을 두들기다가 문짝을 두 번 발로 차자 안에서 조각과 파편이 비명 지르는 사람들에게 떨어졌다. 그 순간 카스텔리 씨는 팔로 머리를 가리고 몸을 숙였다. 중위의 날카로운 검이 틈으로 들어오며 그의 위에서 쉭쉭 소리를 냈다. 그리고 이와 동시에 크로아티아 하인의 리볼버에서 계단 아래로 탕 하고 총성이 울렸고 이어서 빠르게 잇달아 두 발이 더 발사되었다. 밖에서 키 큰 이르펜이 몸을 쭉 펴며 공중으로 팔을 뻗었다. 보도에 등을 대고 쓰러졌다가 다시 기어서 일어났고 터키모자가 바닥에 떨어져 있는 가운데 어두운 거리의 반대편을 향해 비스듬히 앞으로 달려갔다. 잠시 담장에 몸을 기댄 후 둔탁한 소리와 함께 얼굴을 앞으로 향하며 쓰러졌다. 팔에 총을 맞은 닉이 어느새 이르펜 옆에 무릎을 꿇고 그의 몸을 돌리려 했다. 이르펜의 고개를 돌렸을 때 그는 이마에 난 작은 총상과 회색 남자의 변함없는 얼굴을 보았다. 왼쪽 눈은 꼭 감았고 왼쪽 입꼬리는 처져 있었다. 마치 난장판이 된 탁자에 막 누워 팔을 흔들며 확신에 차 단호히 말하는 듯했다. "운명이야."

카스텔리 씨와 부인들은 장례식에 참석했다. 집주인의 친척인 세 중년 부인과 한 신사로 그들은 여행 중에 이삼일 그 집에 묵던 차였다. 카지노에서 때때로 이 사건을 이야기할 때, 사람들은 따지고 보면 일이 그리되리라 예견할 수 있었다고 말했다.

민들레꽃 살해

　검은 옷을 입은 신사가 성 오틸리엔 수도원으로 향하는 넓직한 가문비나무 길을 오르며 우선 하나, 둘, 셋, 백까지 그리고 다시 거꾸로 걸음을 헤아렸고 움직일 때마다 엉덩이를 좌우로 힘차게 흔드느라 이따금 비틀거렸다. 그러면 몇까지 셌는지 잊어버리고 말았다.

　툭 불거져 친절해 보이는 담갈색 눈은 발밑으로 지나가는 땅바닥을 응시했고, 팔이 어깻죽지에서 흔들거려 흰 소맷부리가 손을 반쯤 덮을 정도로 흘러내렸다. 나무줄기 사이로 드는 주황색 저녁노을에 눈이 깜박일 때면 머리가 움찔했고 손이 짜증스럽고 조급하게 움직이며 빛을 막았다. 오른손에 들린 가는 산책용 지팡이가 길가 풀밭과 꽃 위로 흔들대며 피어난 꽃송이를 즐겼다.

　신사가 계속 느긋하고 부주의하게 길을 가던 중 듬성듬성한 잡초에 지팡이가 걸렸다. 그러자 근엄한 신사는 멈추지 않고 계속 어슬렁어슬렁 걸으며 손잡이를 살짝만 당겼다. 그러나 꿈쩍도 않자 언짢게 주의를 둘러보고는 양손으로 지팡이를 꽉 쥐고 잡아당겼고 처음에는 실패했지만 결국 지팡이를 빼냈다. 그는 잽싼 눈길로 지팡이와 풀밭을 각각 바라보고 가쁜 숨을 쉬며 뒤로 물러났고 그 바람에 검은 조끼 위에서 금목걸이가 튀어 올랐다.

뚱뚱한 신사는 잠시 넋을 잃고 그 자리에 서 있었다. 뻣뻣한 모자가 목덜미까지 내려와 있었다. 신사는 무성한 꽃을 뚫어져라 보다가 지팡이를 쳐들고 그리로 달려들어 얼굴이 시뻘개져서는 그 말 없는 식물을 내려쳤다. 오른쪽 왼쪽으로 획획 소리를 내며 때렸다. 줄기와 이파리가 길 위로 날아갔다.

신사는 숨을 내뿜고 눈을 번득이며 다시 길을 갔다. 나무들이 빠르게 옆을 지나갔다. 신사는 무엇에도 신경 쓰지 않았다. 그는 들창코에 얼굴은 수염 없이 판판했다. 초로의 동안에 작은 입이 귀여웠다.

오르막길이 급히 꺾이는 곳에서는 조심해야 했다. 보다 차분하게 걸으며 코에 난 땀을 손으로 짜증스럽게 훔쳐 내던 신사는 자기 얼굴이 몹시 일그러지고 숨이 가빠 가슴이 심하게 벌렁거리는 것을 느꼈다. 누군가, 가령 사업 동료나 숙녀가 자기를 볼지도 모른다는 생각에 소스라치게 놀랐다. 손으로 어루만지며 슬며시 확인해 보니 얼굴은 매끈했다.

신사는 차분하게 걸어갔다. 왜 숨이 가빴던 거지? 신사는 부끄럽게 미소 지었다. 그는 꽃으로 달려들어 산책용 지팡이로 살육을 자행했다. 그렇다, 사무실에서 수습생들이 흡족할 만큼 능숙하게 파리를 잡아 크기별로 분류해 보이지 않으면 뺨을 갈길 때처럼 맹렬하게, 그러면서도 잘 겨냥해 쳤다.

근엄한 신사는 자신에게 닥친 이상한 일에 연거푸 고개를 흔들었다. "도시에서는 신경이 예민해지는 법이지. 도시 탓에 예민해진 거야." 그러고는 깊이 생각에 잠겨 엉덩이를 흔들었고 뻣뻣한 영국식 모자를 집어 부채질하며 머리에 전나무 바람을 쐬었다.

잠시 뒤 신사는 다시 하나, 둘, 셋 하고 걸음을 셌다. 한 발짝 한 발짝 나아갔고 팔이 어깻죽지에서 흔들거렸다. 멍한 눈으로 길가를 쓱 훑던 미하엘 피셔 씨는 갑자기 다부진 형체, 다름 아닌 자기 자신이 풀밭에서 물러났다가 꽃으로 달려들어 민들레꽃 머리를 뚝 잘라 내는 모습을 보았다. 앞서 어두운 길에서 있었던 일이 손에 잡힐 듯 눈앞에서 생생하게 펼쳐졌다. 그곳에 있는 그 꽃은 다른 꽃과 꼭 같았다. 그런데도 신사의 시선을, 손을, 지팡이를 꾀었다. 신사의 팔이 올라가고 지팡이가 휙 소리를 내고, 탁, 머리가 날아갔다. 머리는 공중에서 돌다가 풀밭으로 사라져 버렸다. 상인의 가슴이 격하게 뛰었다. 식물의 분리된 머리는 이제 풀썩 떨어져 풀밭으로 파고들었다. 깊이, 점점 더 깊이, 잔디를 뚫고 땅속으로 들어갔다. 이제는 지구 내부로 돌진하기 시작해 누구도 멈출 수가 없었다. 그리고 위쪽 몸 그루터기에서는 흰 피가 처음에는 마비 환자의 입가에 침이 흐르듯 조금, 나중에는 콸콸 목에서 솟아 나와 구멍 속으로 뚝뚝 떨어졌고 노란 거품을 일으키며 빠른 속도로 미하엘 씨에게 끈적끈적 흘렀다. 오른쪽으로 왼쪽으로 폴짝거리며 달아나려 해도 소용이 없었고 저 너머로 뛰어 피하려 했지만 어느새 피가 발에 부딪혀 부서졌다.

미하엘 씨는 땀투성이 머리에 기계적으로 모자를 썼고 지팡이 든 양손을 가슴에 대고 눌렀다. "대체 뭐지?"라고 이윽고 물었다. "취한 것도 아니고. 머리가 계속 떨어질 리 없는데. 그대로 있어야 하는데. 풀밭에 그대로 있어야 하는데. 분명 지금

71

풀밭에 얌전히 있을 거라고. 그런데 피가……. 그 꽃이 기억도 안 나는데. 정말이지 무슨 영문인지 전혀 모르겠군."

신사는 놀라고 당황했으며 스스로를 의심했다. 마음속의 모든 것이 격한 흥분을 응시했고 꽃, 떨어진 머리, 피 흘리는 줄기를 생각하며 경악했다. 신사는 끈적끈적하게 흐르는 피 위로 아직도 껑충댔다. 누가 보면 안 되는데. 사업 동료나 숙녀가 말이야.

미하엘 피셔 씨는 가슴을 쭉 펴고 오른손으로 지팡이를 움켜쥐었다. 상의를 내려다보고 자세를 단단히 가다듬었다. 그는 제멋대로 구는 생각을 굴복시키려 했다. 자제해야지. 이렇게 말을 안 들을 때는 사장인 그가 강하게 대응하는 것이 옳았다. 이 무리와 단호히 맞서야 했다. "뭐 하는 건가? 내 회사에서 그따위로 행동하다니. 이봐, 저놈을 끌고 나가." 신사가 제자리에 서서 지팡이를 이리저리 공중에 휘두르며 말했다. 피셔 씨는 냉정하고 단호한 표정을 지었다. 이제 어디 한번 두고 보자는 심산이었다. 너무도 기세등등한 나머지 심지어 위쪽 넓은 차도에서는 두려워하는 자기 자신을 조롱할 정도였다. 다음 날 아침 프라이부르크의 광고용 기둥마다 전부 빨간 벽보가 붙으면 얼마나 우스운 일이겠는가. "저녁 7~9시 이멘탈, 성 오틸리엔 수도원으로 가는 길에서 다 큰 민들레꽃이 살해됨. 용의자는." 기타 등등. 검은 옷을 입은 나른한 신사는 그렇게 비웃으며 시원한 저녁 공기를 즐겼다. 저 아래에서 보모나 연인이 그가 저지른 일을 발견할 것이다. 비명을 지르고 놀라서 집으로 뛰어갈 것이다. 형사들은 그에 대해, 교활하게 킬킬거리는 살해범에 대해 생각할 것이다. 미하엘 씨는 자신의 이런 대담함에 심하게 몸서리쳤다. 스스로를 결코 그렇게 사악한 사람이라 여기지 않았으리라. 하지만 저 아래에 그의 날 랜 정력의 증거가 온 도시 사람이 볼 수 있도록 놓여 있었다.

몸통은 경직된 채 공중으로 솟아 있고 목에서는 흰 피가 흘러나온다.

미하엘 씨는 가볍게 방어하듯 앞으로 양손을 뻗었다.

피가 위에서 아주 진하고 끈적끈적하게 굳는 바람에 개미 들이 붙어 매달려 있을 지경이다.

미하엘 씨는 관자놀이를 쓰다듬고 큰 소리로 숨을 내뿜 었다.

그 옆 풀밭에서는 머리가 썩어 간다. 뭉개지고 비에 문드 러지고 부패한다. 악취를 풍기는 노란 곤죽이 되어 푸르스름 히, 누르스름히 빛나고 토사물처럼 끈적인다. 그것이 살아 있 는 듯 일어나서 그에게로, 바로 미하엘 씨에게로 흘러와 그를 익사시키려 한다. 몸을 향해 밀려와 철썩거리고 코에 튄다. 그 는 펄쩍 뛰고 발끝으로 폴짝거릴 뿐이다.

예민한 신사는 움찔했다. 입에서 역겨운 맛이 났다. 구역 질이 나서 침을 삼키지 못하고 연신 퉤퉤거렸다. 자꾸 비트적 거렸고 새파랗게 질린 입술로 계속 불안하게 폴짝거렸다.

"당신 회사와는 무슨 일이 있어도 절대, 절대 거래하지 않 겠습니다."

신사는 코에 손수건을 갖다 댔다. 머리를 없애고 줄기를 숨겨야 했다. 짓밟고 파묻어야 했다. 숲에서 민들레꽃 시체 냄 새가 났다. 냄새는 미하엘 씨 옆에서 함께 움직였고 점점 심 해졌다. 다른 꽃을 그 자리에 심어야 했다. 향기로운 패랭이꽃 정원을 만들어야 했다. 숲 한가운데 있는 시체는 사라져야 한 다. 사라져야 한다.

피셔 씨가 멈춰 서려는 순간, 돌아가는 일은 우스꽝스럽다는, 우스꽝스럽기 그지없다는 생각이 머릿속을 스쳤다. 민들레꽃이 뭐 대수인가? 거의 당할 뻔했다는 생각에 속에서 격한 분노가 타올랐다. 정신을 똑바로 차렸어야 했는데. 그는 집게손가락을 깨물었다. "이봐, 조심해. 진짜 조심하라고, 빌어먹을 놈아." 그와 동시에 어마어마한 불안이 뒤에서 그를 덮쳤다.

뚱뚱한 신사는 어두운 얼굴로 소심하게 주위를 둘러보았고 호주머니에 손을 집어넣어 작은 주머니칼을 꺼낸 후 탁 하고 폈다.

그사이 발은 계속 나아갔다. 신사는 발 때문에 화가 나기 시작했다. 발 역시 주인 노릇을 하려 들었기 때문이다. 발은 제멋대로 앞으로 밀고 나아가며 그를 격분시켰다. 신사는 이놈의 망아지들을 즉시 길들이고 싶었다. 그놈들은 한번 맛을 봐야 했다. 옆구리를 한 번 날카롭게 찌르면 금세 길이 들 터였다. 발은 계속해서 신사를 날라 갔다. 흡사 살해 현장으로부터 달아나는 것 같았다. 아무도 그렇게 생각해서는 안 됐다. 새들의 날갯짓 소리, 멀리서 흐느끼는 소리가 주위에 감돌았고 아래로부터 올라왔다. "멈춰, 멈추라고!" 신사가 발에게 소리쳤다. 그러고는 칼로 나무를 찔렀다.

신사는 양팔로 나무줄기를 얼싸안고 나무껍질에 뺨을 문댔다. 손은 뭔가를 반죽하듯 공중을 더듬거렸다. "우리는 카노사로 가지 않아."[4] 죽은 사람처럼 창백한 신사는 이마를 잔

---

4 19세기에 프로이센 재상 비스마르크가 가톨릭교회와 대립하며 한 말. 11세기 신성로마제국 황제가 교회와의 권력 투쟁에서 패배하고 카노사에 있던 교황을 찾

뜩 찌푸리고는 갈라진 나무 틈을 관찰했고 마치 뭔가가 뒤에서 달려들기라도 하는 듯 등을 수그렸다. 그는 자신과 그곳을 잇는 전신선이 자꾸 윙윙거리는 소리를 들었다. 발을 내질러 선을 헝클어뜨리고 짓누르려 해도 소용이 없었다. 신사는 벌써 분노를 마비시키고 유혹에 굴복하려는 가벼운 욕망이 불쑥 이는 것을 스스로에게 감추려 애썼다. 저 멀리 뒤에서 민들레꽃과 살해 현장이 그를 유혹했다.

미하엘 씨는 무릎을 위아래로 흔들흔들해 보고 공중으로 코를 쿵쿵거리고 사방으로 귀를 기울이고 소심하게 속삭였다. "머리만 땅에 묻어 주는 거야. 그거면 돼. 그러고 나면 다 괜찮아질 거야. 제발, 제발, 빨리." 그는 침울하게 눈을 감고 마치 실수인 양 뒤축으로 휙 돌았다. 그리고 아무 일 없다는 듯, 산책하는 사람처럼 무관심한 걸음으로 어슬렁어슬렁 똑바로 길을 내려갔고 일부러 태평한 소리로 가볍게 휘파람을 불었으며 홀가분하게 심호흡하면서 길가 나무줄기를 쓰다듬었다. 그러면서 미소를 지었고 작은 입은 구멍처럼 동그래졌다. 신사는 순간 생각난 노래를 크게 불렀다. "굴속에 작은 토끼 앉아서 잠을 자네." 이전과 똑같이 춤추듯 걷고 엉덩이를 흔들고 팔을 흔들흔들했다. 죄의식에 사로잡혀 지팡이는 소매 속으로 깊숙이 밀어 넣었다. 길이 구부러질 때면 누가 지켜보기라도 하듯 이따금 슬쩍 뒤로 물러났다.

민들레꽃이 아직 살아 있을지도 몰랐다. 그렇다, 꽃이 이미 죽었다는 걸 도대체 어떻게 안단 말인가? 나뭇가지로 받쳐 주거나 머리와 줄기 같은 데에 반창고를 감아 주면 다친 꽃을

아가 무릎을 꿇은 '카노사의 굴욕'과 연관된다.

다시 낮게 할 수 있다는 생각이 머릿속을 스쳤다. 신사는 걸음을 서두르고 자제력을 잃고 달리기 시작했다. 기대감에 부풀어 갑자기 몸을 떨었다. 그리고 길이 굽은 곳을 따라가다 벌목된 나무줄기로 쓰러져 가슴과 턱을 부딪히고 크게 신음했다. 몸을 추슬렀을 때 그는 모자를 풀밭에 두고 깜박했다. 지팡이가 부러져 소매가 안쪽에서 찢어졌다. 하지만 아무것도 알아채지 못했다. 하하, 날 막으려 하다니. 무엇도 날 막을 수 없어. 곧 민들레꽃을 찾을 테니까. 신사는 다시 길을 내려갔다. 어디더라? 그곳을 찾아야 했다. 민들레꽃을 부를 수만 있다면. 그런데 이름이 대체 뭐지? 도무지 알 수가 없었다. 엘렌? 아마 엘렌일 거야. 엘렌이 확실해. 신사는 풀밭에다 속삭였고 몸을 숙여 손으로 꽃을 툭툭 쳤다.

"엘렌 여기에 있니? 어디에 있지? 이봐, 응? 엘렌은 머리를 다쳤어. 머리 아래쪽을. 너희는 아직 모를 거야. 엘렌을 도우려 해. 난 의사야. 자비로운 사람이라고. 자, 엘렌은 어디에 있지? 마음 놓고 말해 봐, 응?"

그런데 부러뜨린 꽃을 어떻게 알아볼 것인가? 어쩌면 그 꽃은 지금 막 그의 손에 쥐어 있을지도, 바로 옆에서 신음하며 마지막 숨을 내쉬고 있을지도 몰랐다.

그래서는 안 됐다.

신사가 소리쳤다. "엘렌을 내놔. 나를 슬프게 하지 말라고, 이 못된 것들아. 난 자비로운 사람이라고. 독일어 못 알아들어?"

신사는 땅에 완전히 엎드려 찾다가 결국 풀밭을 마구잡이로 파헤치며 꽃을 헝클고 할퀴었다. 그동안 입은 벌어졌고 눈은 똑바로 앞을 향하며 깜박거렸다. 그는 한참을 웅얼거렸다.

"내놔. 아니면 조건을 제시하라고. 임시로라도. 의사한테
는 환자를 볼 권리가 있다고. 법으로 정해 놔야 하는 건데."

어스름 속에서 나무가 길가와 주변 곳곳에 새카맣게 서
있었다. 너무 늦기도 했다. 머리는 이미 시들었을 게 뻔했다.
죽은 게 확실하다고 생각하자 신사는 소스라쳤고 어깨가 떨
렸다.

검고 둥근 형체가 풀밭에서 일어나 길가를 따라 내려가며
휘청거렸다.

민들레꽃이 죽었다. 그의 손에.

신사는 한숨을 쉬고 생각에 잠겨 이마를 문질렀다.

사방에서 사람들이 그에게 달려들리라. 그러거나 말거나
신사는 더는 아무것도 신경 쓰지 않았다. 전부 상관없었다. 사
람들은 그의 머리를 잘라 내고 귀를 잡아 뜯고 달구어진 숯에
손을 넣으리라. 더 이상 어쩔 도리가 없었다. 신사는 자기가
소리를 내면 모두가 재미있어 하리라는 걸 알았다. 하지만 사
형 집행인의 하수인 놈들이 즐거워하도록 소리를 내지는 않
을 것이다. 그들에게는 그를 벌할 권리가 없었다. 그들 자신이
극악무도했기 때문이다. 그렇다, 그가 꽃을 죽인 것은 사실이
었다. 하지만 그들과는 전혀 상관없는 일이고 그의 당연한 권
리였다. 그는 이 점에 기대 모두와 맞설 수 있었다. 꽃을 죽이
는 것은 그의 권리였고 뭐라 더 설명할 의무는 없다고 느꼈다.
신사는 동서남북 반경 수천 킬로미터 범위에서 원하는 만큼
얼마든지 꽃을 죽일 수 있을 것이다. 그들이 히죽거리거나 말
거나 말이다. 그리고 계속 그렇게 웃는다면 그들 목을 조를 것
이다.

신사가 멈춰 섰다. 그의 눈이 가문비나무의 짙은 어둠 속

을 저주하듯 쳐다봤다. 입술은 피로 팽팽하게 부풀었다. 그는 곧 서둘러 길을 갔다.

어쩌면 여기 숲에서 죽은 꽃의 자매들에게 조의를 표해야 하리라. 신사는 자기는 거의 관여한 것 없이 불행한 일이 일어 났다고 말했으며 길을 오를 때 자신이 우울하고 기진맥진한 상태였음을 상기시켰다. 그리고 더위 이야기도 했다. 사실 민들레꽃에는 아무런 관심도 없다고 했다.

신사는 절망적으로 다시 어깨를 움츠렸다. "나한테 또 뭘 더 어쩌려는 거지?" 그는 지저분한 손가락으로 뺨을 문질렀다. 더 이상 어찌할 바를 몰랐다.

이게 다 뭐란 말인가. 맙소사, 여기서 뭘 하는 거란 말인가!

신사는 나무 사이로 비스듬히 내려가 가장 가까운 길로 슬쩍 달아나려 했다. 아주 냉철하고 차분하게 생각을 가다듬으려 했다. 아주 천천히, 하나하나.

신사는 미끄러운 바닥에서 넘어지지 않으려고 나무에서 나무로 더듬거리며 나아간다. 어쩌면 꽃이 길에 그대로 있을지도 몰라 하고 간사하게 생각한다. 그런 죽은 잡초야 세상에 얼마든지 있으니까.

하지만 자기가 건드린 나무줄기에서 옅고 밝은 수액이 둥글게 방울져 나오는 모습을 보고 경악에 사로잡힌다. 나무가 울고 있다. 어둠 속에서 오솔길로 달아나는 신사는 흡사 숲이 그를 덫으로 유혹하는 듯 길이 이상하게 좁아지는 것을 곧 알아챈다. 나무들이 재판을 위해 모인다.

빠져나가야 한다.

신사는 다시 키 작은 전나무에 세게 부딪친다. 전나무가 양손을 올려 그를 내려친다. 그러자 그는 완력으로 길을 뚫고 나아가는데 그사이 얼굴 위로 피가 줄줄 흐른다. 그는 침을 뱉고 팔을 마구잡이로 휘두르고 크게 소리를 지르며 발로 나무를 차고 주저앉다 구르다 하면서 아래로 미끄러지다가 마침내 숲 언저리의 마지막 비탈을 부랴부랴 내려가고, 갈기갈기 찢긴 프록코트를 머리 위로 날리며, 마을 불빛을 향한다. 그동안 뒤에서는 산이 위협하듯 쏴쏴 소리를 내고 주먹을 흔들고, 뒤쫓으며 욕설을 퍼붓는 나무들이 쪼개지고 부러지는 소리가 사방에서 들려온다.

뚱뚱한 신사는 작은 마을 교회 앞 가스등에 기대 꼼짝도 않고 서 있었다. 머리에 모자를 쓰지 않았고 마구 헝클어진 머리털에는 털어 내지 않은 흙과 전나무 바늘잎이 엉켜 있었다. 그는 한숨을 푹 쉬었다. 따뜻한 피가 콧등을 따라 흘러 장화 위로 뚝뚝 떨어지자 양손으로 상의 자락을 집어 올려 얼굴에 대고 눌렀다. 그러고는 손을 들어 불빛에 비추었고 손등의 굵고 푸른 혈관을 보고 놀랐다. 혈관이 불거진 곳을 문질러 보았지만 가라앉지 않고 그대로였다. 전차가 노래하고 울부짖는 동안 신사는 좁은 골목길에서 느릿느릿 집으로 걸어갔다.

이제 신사는 완전히 얼이 빠져 침실에 앉아 큰 소리로 혼잣말했다. "나는 여기 앉아 있어. 여기 앉아 있다고." 그러고는 절망적으로 방 안을 둘러보았다. 방 안을 서성이다가 옷을 벗어 옷장 구석에 박아 놓았다. 그는 다른 검은 양복을 입고 긴 의자에 누워 일간 신문을 읽었다. 읽던 도중 신문을 구겨 버렸다. 뭔가가 일어났다. 뭔가가 일어난 것이다. 그리고 다음 날 책상에 앉아 있을 때 신사는 이를 똑똑히 느꼈다. 그는 돌처럼 굳었고 욕설도 퍼부을 수 없었으며 묘한 정적이 그의 주위를 맴돌았다.

신사는 안간힘을 다해 열심히 중얼거렸다. 아마 전부 꿈일 거라고. 하지만 이마에 난 상처는 진짜였다. 그렇다면 믿기지 않는 일이 일어난 게 분명해. 나무가 덤벼들었고 죽은 꽃 주위에서 울부짖는 소리가 들렸으니까. 신사가 앉아서 생각에 잠긴 채 파리가 앵앵대도 전혀 신경 쓰지 않자 점원들은 어안이 벙벙했다. 곧 신사는 어두운 얼굴로 수습생들에게 트집을 잡았고 일에서 손을 놓고 왔다 갔다 했다. 주먹으로 책상을 치고, 볼을 부풀리고, 언제 한번 상점도 그렇고 전부 물갈이를 할 거라며 소리를 지르는 모습이 자주 눈에 띄었다. 어디 두고 보라고. 누구든 자기를 마음대로 가지고 놀게 내버려 두지 않겠다고 했다.

다음 날 오전 신사는 회계를 정리하다가 느닷없이 알 수 없는 힘에 이끌려 민들레꽃에게 10마르크를 지급하려 했다. 그는 소스라치게 놀라 자신의 무기력함에 대해 침통하게 곰곰이 생각하다가 지배인에게 작업을 마저 해 달라고 부탁했다. 오후에 신사는 특별한 상자에 말없이 차가운 태도로 손수 돈을 넣었다. 심지어는 민들레꽃을 위한 전용 계좌를 만들려고까지 했다. 그는 지쳤고 안식을 누리고 싶었다. 곧 신사는 민들레꽃에게 음식을 바치고 싶어졌다. 민들레꽃 몫으로 매일 작은 그릇이 미하엘 씨 자리 옆에 놓였다. 주인이 이를 지시했을 때 가정부는 어이가 없어 말문이 막혔다. 하지만 그는 누가 이의를 제기할 때마다 불같이 화를 내며 물리쳤다.

신사는 참회했다. 자신이 저지른 불가사의한 죄를 참회했다. 그는 민들레꽃을 위해 예배를 올렸다. 평온한 상인은 이제 누구에게든 자기 종교가 있다고 주장했다. 이루 형용할 수 없는 신에 대해 나름대로 입장을 취해야 한다고 했다. 모두가 이해할 수는 없는 일이 있다고 했다. 원숭이 새끼를 닮은 진지한 얼굴에 고뇌의 빛이 더해졌다. 비대하던 몸에서도 살이 빠졌고 눈은 퀭했다. 민들레꽃이 마치 양심처럼 그의 행동을 지켜보았다. 큰일에서 사소한 일상사에 이르기까지 엄격하게.

그즈음 태양은 도시와 대성당, 성이 있는 언덕을 자주 비추었다. 햇빛은 온통 생기로 충만했다. 어느 날 아침 창가에서 무정한 신사가 어릴 적 이후 처음으로 울음보를 터뜨렸다. 급작스럽게, 거의 가슴이 찢어지게 울었다. 엘렌, 그 가증스러운 꽃이 그에게서 이 모든 아름다움을 빼앗았기 때문이다. 이제 엘렌은 세상의 온갖 아름다움을 가지고 신사를 비난했다. 햇빛이 찬란하지만 엘렌은 그것을 보지 못한다. 흰 재스민의 향기를 들이마시지 못한다. 누구도 엘렌이 치욕스럽게 죽은 곳을 쳐다보지 않을 것이고 그곳에서 기도를 하는 일도 없을 것이다. 엘렌은 이 모든 것을 두고 그를 탓할 수 있었다. 그것이 아무리 우스운 일이라 해도, 그가 아무리 싹싹 빈다 해도. 엘렌은 아무것도 누릴 수 없었다. 달빛도, 여름에 신부로서 누리는 행복도, 뻐꾸기와 더불어 평화롭게 사는 일도, 산책하는 사람들도, 유모차도. 신사는 작은 입을 꾹 다물었다. 그 산을 오르는 사람들을 붙들고 싶었다. 세상이 한숨 소리와 함께 종말을 맞이하면 좋을 텐데. 그러면 민들레꽃의 주둥이가 막히겠지. 그렇다, 그는 고뇌를 완전히 멈추려 자살도 생각했다.

때때로 신사는 격분해서 엘렌을 모욕적으로 대했고 벽에다 확 밀쳤다. 사소한 일을 가지고 엘렌을 속였고 실수인 양 그녀 그릇을 홱 뒤엎기도 했으며 계산을 틀리게 해서 손해를 끼쳤고 이따금 그녀를 마치 사업 경쟁자처럼 교활하게 대했다. 엘렌의 기일에는 아무것도 기억나지 않는 척했다. 엘렌이 조용한 의식을 지내 달라고 더욱 강력히 요구하는 듯싶자 비로소 신사는 반나절을 그녀를 추모하는 데 바쳤다.

한번은 모임에서 서로서로 좋아하는 음식을 물은 적이 있었다. 무슨 음식을 가장 좋아하느냐는 물음에 미하엘 씨가 냉정하게 숙고하고는 대답했다. "민들레꽃요. 민들레꽃이 가장 좋아하는 음식입니다." 그러자 모두가 폭소를 터뜨렸다. 하지만 미하엘 씨는 의자에서 웅크리고 이를 악문 채 웃음소리를 들었으며 민들레꽃의 격노를 즐겼다. 자신이 마치 살아 있는 생명체를 유유히 삼키는 흉측한 용같이 느껴졌다. 그는 뭔지 알 수 없는 일본어와 하라키리를 생각했다. 엘렌에게 호된 벌을 받기를 은근히 기대하면서도 말이다.

신사는 엘렌과 그런 게릴라전을 끊임없이 벌였다. 죽을 것 같은 고통과 열락 사이에서 끊임없이 떠다녔다. 엘렌이 분노에 차 소리를 지를 때면, 때때로 그 소리가 들리는 것 같았는데, 마음이 조마조마하면서도 즐거웠다. 신사는 매일 새로운 계책을 궁리했다. 종종 잔뜩 흥분해서는 사무실을 나와 자기 방에 틀어박혀 누구의 방해도 받지 않고 계획을 꾸몄다. 전쟁은 너무도 은밀히 진행되었기에 이에 관해 아는 사람은 아무도 없었다.

민들레꽃은 그의 일부이자 삶의 위안이었다. 신사는 민들레꽃 없이 살던 때를 생각하면 놀라곤 했다. 이제 그는 종종 완고한 표정으로 성 오틸리엔 수도원을 향해 숲으로 산책을 갔다. 어느 화창한 저녁 쓰러진 나무줄기에 앉아 쉬던 중, 지금 앉은 바로 이곳에 그의 민들레꽃이, 엘렌이 있었다는 생각이 머리를 스쳐 갔다. 이곳이 틀림없었다. 비애와 경외감이 뚱뚱한 신사를 사로잡았다. 모든 게 얼마나 변했던가! 그날 저녁 이후 오늘에 이르기까지. 신사는 생각에 잠겨 다정하면서도 조금 어두운 시선으로 엘렌의 자매, 어쩌면 딸일지도 모를 잡초를 쭉 훑어보았다. 한참 동안 생각에 빠졌던 신사의 매끈한 얼굴이 교활하게 씰룩댔다. 오, 그의 사랑스러운 꽃은 이제 한 방 먹을 때가 되었다. 그가 죽은 꽃의 딸뻘인 민들레꽃 하나를 파서 집에 가져가 심고 애지중지 돌본다면 늙은 민들레꽃에게는 젊은 경쟁자가 생기는 셈이었다. 그렇다. 그의 생각이 옳다면 늙은 민들레꽃의 죽음을 완전히 속죄할 수 있었다. 여기 이 꽃의 생명을 구함으로써 어머니의 죽음을 보상하는 셈이니까. 엘렌의 딸은 십중팔구 이곳에서 썩어 버릴 테니까. 오, 늙은 민들레꽃은 화를 내리라. 완전히 찬밥 신세가 되리라. 법에 밝은 상인은 책임 보상에 관한 법조문을 떠올렸다. 그는 곁에 있는 작은 민들레꽃을 주머니칼로 파내 맨손으로 조심스레 집으로 가져가 화려한 금빛 도자기 화분에 심은 후 침실에 있는 모자이크 장식 탁자에 올려놓았다. 화분 바닥에는 목탄으로 "2043조 5항"이라고 적어 두었다.

행복한 신사는 매일 음흉한 마음으로 정성껏 꽃에 물을 주고 죽은 엘렌에게 그 꽃을 바쳤다. 엘렌은 법적으로, 어쩌면 경찰 조처에 따라 부득이하게 단념할 수밖에 없었으며 더 이상 그릇도, 음식도, 돈도 받지 못했다. 소파에 누워 있을 때면 종종 엘렌이 애원하고 길게 한숨 쉬는 소리가 들리는 듯했다. 미하엘 씨의 자의식은 예기치 못한 방식으로 커졌다. 이따금 불쑥불쑥 거의 과대망상에 빠지기도 했다. 그의 삶이 그토록 생기발랄했던 적은 단 한 번도 없었다.

어느 날 저녁 신사가 사무실을 나와 기분 좋게 어슬렁어슬렁 집으로 돌아왔을 때 가정부가 문가에서 태평하게 말하길 청소하다 탁자를 넘어뜨리는 바람에 화분이 깨졌다고 했다. 그 별 볼 일 없고 너절한 꽃은 파편과 함께 모아 쓰레기통에 버리도록 시켰다고 했다. 냉정하고 약간 경멸하는 투로 사고를 보고하는 모습에서 그녀가 그 일을 정말 잘됐다고 생각한다는 사실을 알 수 있었다.

둥실둥실한 미하엘 씨는 문을 쾅 닫고 뭉툭한 손을 맞부딪치고 기뻐서 킥킥댔고, 어리둥절한 가정부의 허리를 잡고는 온 힘을 다해, 가정부 머리가 천장에 닿지 않게 최대한 높이 들어 올렸다. 그러고 한껏 흥분해 눈을 반짝이며 경쾌한 걸음으로 복도에서 침실로 들어갔다. 큰 소리로 숨을 몰아쉬었고 쿵쿵 발을 굴렀다. 입술은 떨렸다.

신사를 두고 뭐라고 할 수 있는 사람은 아무도 없었다. 꽃이 죽기를 남몰래 마음속으로 바란 적도 없었고 그런 생각이라곤 손톱만큼도 하지 않았기 때문이다. 이제 장모인 늙은 민들레꽃이 욕을 퍼붓고 무슨 말을 해도 괜찮았다. 그녀와는 아무 관계도 아니니까. 그들은 이미 갈라진 사이였다. 이제 그는 민들레꽃 일족 전부로부터 해방되었다. 법과 행운이 그의 편이었다. 의심의 여지가 없었다.

신사는 숲을 속여 넘겼다.

그는 곧장 성 오틸리엔 수도원으로, 투덜거리는 미련한 숲으로 가려 했다. 머릿속으로는 벌써 검은 지팡이를 휘둘렀다. 꽃, 올챙이 그리고 두꺼비야 기다려라. 신사는 원하는 만큼 얼마든지 죽일 수 있었다. 그는 모든 민들레꽃을 대수롭지 않게 여겼다.

뚱뚱한 신사, 제대로 차려입은 상인 미하엘 피셔 씨는 긴 의자 위에서 이리저리 구르며 웃고 고소해했다.

그러다 벌떡 일어나 머리에 모자를 쓰고 아연실색한 가정부를 지나 집에서 거리로 뛰쳐나갔다.

신사는 큰 소리로 웃고 숨을 내뿜었다. 그러면서 산속 어두운 숲으로 사라졌다.

푸른 수염의 기사

북쪽으로부터 도시를 에워싸며 드문드문 줄지어 선 자작나무 뒤로 울퉁불퉁한 벌판이 바다까지 이어졌다. 벌판에는 낮은 소나무와 덤불이 듬성듬성할 뿐이었다. 도시 성벽이 트인 곳에서 채 두 시간 거리가 안 되는 해변으로 곧장 향하는 길은 하나도 없었다. 협궤 철도는 크게 곡선을 그리며 황야를 돌아 바다에 닿았다. 벌판이 푹 꺼진 곳에는 아교처럼 걸쭉한 검은 늪이 있었다. 들쥐와 두꺼비가 여기에 살았다. 짙은 공기를 뚫고 종종 어치가 날아와 연체동물을 덮치기도 했다.

줄지은 언덕 중 가장 높은 곳에 울퉁불퉁하고 네모난 바윗덩이들이 삐죽삐죽 튀어나왔다. 절벽이 풍화하고 남은 부분이었다. 예전에는 바다가 그곳 땅 위로 펼쳐져 있었다. 이제는 벌판이 혼란스럽고 썰렁하게 남아 있었다. 바다와 육지가 벌판으로부터 등을 돌렸다.

이 벌판은 오래전 기이한 방식으로 파올로 디 셸비 남작 손에 들어왔다. 남작은 세계 일주 중에 해협을 지나 이곳 바다로 향했다. 적도 아래에서 흑수열에 걸려 죽은 일등 갑판장의 아버지를 만나러 도시로 가려는 것이었다. 남작은 생기발랄하게, 몽상에 젖어, 정복욕에 차 자신만만하게 상륙했다. 어깨를 딱 펴고 기사답게 살짝 흰 다리로 널빤지를 건넜다. 그날 아침 바람은 날카로운 소리를 내며 횡횡 불었고 비뚜름하게 쓴 선장 모자가 획 날려 물에 빠진 탓에 남작은 맨머리로 웃으며 선원들 사이에 서 있었다. 이러한 홍조에 선원들은 경악을 금치 못했다. 남작의 눈은 조금 비스듬했고 코에 바짝 닿았다. 코는 작고 뭉뚝했으며 시작 부분이 깊숙이 자리했다. 맑은 연회색 눈은 소녀처럼 부드러운 입 그리고 온화한 목소리와 어울리지 않았다. 노새가 끄는 수레 뒤에서 남작은 검은 수말을 타고 긴 에움길을 돌아 도시로 향했다. 선원들은 함 두 개를 질질 끌고 남작이 찾는 노인에게로 갔다. 한 함에는 기념물과 갑판장의 유품 전부가, 다른 함에는 일본산 비단, 인도산 진주와 보석과 시베리아산 모피류가 들어 있었다. 도시에 머문 지 두 시간도 채 안 되어 남작은 지리도 모르면서 혼자 휘파람을 불고 웃으며 말을 속보로 몰아 벌판을 통과하는 지름길로 갔다. 그날 낮에 벌판에서 무슨 일이 있었는지는 전혀 알려지지 않았다. 분명 남작은 벌판 초입부터 말에서 내려 홀로 모래밭과 진창을 뚫고 갔을 것이다. 다음 날 새벽 사람들은 실종된 남작이 의식을 잃은 채 절벽에서 몸을 쭉 뻗고 누운 것을 발견했다. 해조류와 진흙이 겹겹이 몸을 덮었고 얼굴은 마치 화상이라도 입은 듯 물집투성이에 달아오르고 이상하게 부어 있었으며 오른손과 팔뚝 피부 역시 찢기고 벗겨져 있었다. 사람들은 기절한 남작을 들것에 실어 황야를 비스듬히 지나 가장 가까운 큰길로 옮겼고 그곳에서 건초 수레를 구해 도시로 갔다. 상처 난 곳이 아무는 데 일주일이 걸렸다. 남작은 자기에게 무슨 일이 일어났는지 몰랐다. 다만 간호사들은 저녁때쯤 남작의 눈이 고통스럽고 경악하는 빛을 띠었으며 그가 뭔가를 막으려는 듯 오른팔을 올리고 절망적으로 흐느꼈다고 보고했다. 남작은 완쾌하자 일등 항해사에게 요트를 주고 부하들을 떠나보낸 뒤 도시로 갔다.

처음에 남작은 도시 남쪽, 완전히 야외에 있는 집에서 살았다. 지저귀며 노래하는 숱한 새가 그를 둘러쌌다. 그는 누구와도 교제하지 않았다. 몇 달 후 그는 안개 낀 황야가 훤히 보이는, 도시 성벽 근처의 아주 오래된 집으로 이사했다. 사람이 완전히 달라진 남작은 성벽 위에서 산책을 하고 앉아 있거나 큰길에서 천천히 말을 몰아 바다로 향했다. 그렇게 일 년 남짓이 지나고 어느 이른 아침에 그는 시내 거리를 지나 시장 광장에서 건축 기사를 찾아가 절벽 주위, 황야에서 가장 높은 언덕 위에 집을 한 채 지어 달라고 했다. 팔짱을 끼고 말하길 서두를 필요는 없다고 했다. 편안하고 널찍한 성이어야 하고 이것저것 성대한 장식이 필요하다고 했다. 육 주 후에 아내를 맞아들일 예정이라는 것이었다.

그리하여 도로 건설 인부들이 황야로 갔고 큰길부터 절벽까지 땅을 다져 안전한 샛길을 냈다. 미장이들이 요란스럽게 도착했다. 그들은 언덕에 터를 잡고 기둥을 박았으며 절벽을 건물로 둘렀다. 절벽은 건물 2층까지 솟아 방 안으로 들어왔다. 넓디넓은 잿빛 석회암 건물로, 성당처럼 알록달록한 창문이 달렸고 우아한 탑으로 장식되었다. 그렇게 황무지 한가운데에 성이 솟았다. 인부들은 크게 웃었고 도시 사람들은 고개를 절레절레 흔들었다.

거의 한 달이 지나 벽과 방이 귀한 물건으로 가득 차고 난 후 남작이 낯선 아가씨를 성으로 데려왔다. 여자는 시내 극장에 한 번 모습을 드러냈는데 포르투갈 사람으로 피부가 갈색이고 천진난만했으며 남편 팔에서 떨어지지를 않았다. 남작은 다시 예전처럼 웃었고 모두를 매혹했다. 두 사람은 그날 저녁 회관에서 춤을 추었다. 남작은 춤을 추며 입을 비죽 내밀고 휘파람을 불었다. 덥수룩한 갈색 수염을 쓰다듬었으며 오른손의 화상 흉터를 장난스럽게 보여 주었다. 사람들이 다시 포르투갈 여자 얘기를 들은 것은 일주일 후였다. 밤에 성에서 심부름꾼이 쏜살같이 말을 타고 달려와 의사 집 문을 때려 부수고는 의사를 황야로, 젊은 여자의 시체로 끌고 갔다. 여자는 잠옷을 입고 푸르죽죽한 기가 도는 붉은 얼굴로 그녀 방 앞 어두운 복도에 누워 있었다. 옆에서는 아직 초가 타고 있었는데 아마 여자는 초를 들고 문밖으로 쓰러진 듯했다. 남작은 멍한 눈으로 의사를 따랐다. 어떤 질문에도 답하지 않았고 어떤 표정도 짓지 않았다. 의사는 흐느껴 우는 시녀로부터 포르투갈 여자가 오래전부터 심장병을 앓았다는 소리를 들었다. 그는 모피 외투의 단추를 채웠다. 사인은 폐전색증이었다.

삼 주 후 남작이 다시 시내에 나타났다. 그는 여러 모임에 초대를 받았다. 그는 점점 더 자주 말을 타고 시내로 왔고 사냥을 나갔으며 시합과 경마에 참가했고 저녁이면 술자리에 앉아 포도주를 마시며 여행과 모험 이야기를 했다. 사람들은 도시의 군인들이나 선원들과 함께 있는 남작의 유쾌하고 열광적이며 몽상에 빠진 모습을 오랫동안 볼 수 있었다. 3월 어느 날 남작은 어울리던 이 중 둘과 배를 타고 다시 바다로 나갔다. 반년쯤 지나 남작의 편지가 성 관리인에게 도착했다. 거실에 녹색 벽지를 바르고 긴 녹색 양탄자를 깔고 숙녀용 방에

난초를 두라는 내용이었다.

여행을 떠난 지 여덟 달 정도 되어 남작이 돌아왔다. 또다시 낯선 아가씨를 성으로 데려왔다. 도시 사람 중 그녀를 본 이는 아무도 없었다. 어느 날 아침 여자는 검은 승마복 차림으로 도도한 흰 얼굴에 베일을 드리운 채 손에 채찍을 들고 성 뜰에 죽어 누워 있었다.

침울한 남작이 검은 가죽 외투 차림으로 말을 타고 지나갈 때면 사람들, 뱃사람이나 교외 일꾼들 사이에서 수군거리는 소리가 들렸다. 아이들은 남작 앞에서 소리를 지르고 작은 돌멩이를 던지고 말을 향해 고무총을 쐈다.

시의원 딸인 밝은 금발의 가냘픈 아가씨가 창밖으로 남작의 뒷모습을 바라다보았다. 남자들이 격분하며 그 검은 기사의 운명에 대해 말할 때면 그녀의 청회색 눈에서 눈물이 났다. 여자는 방에서 남작을 생각하며 울었고 어느 날엔가 성으로 가서 그의 아내가 되었다. 친척들이 염려하며 아무리 간청해도 소용이 없었다. 한 달도 지나지 않은 저녁, 도시 성벽이 트인 곳에서 그 귀여운 여인의 시신이 발견되자 사람들은 무리 지어 흥분해 날뛰며 어두운 길을 지나 성으로 몰려갔다. 경찰이 성을 둘러싸 보호했고 남작은 구속되었다. 법정은 첫 번째와 두 번째 부인의 시신을 파내고 세 시체에 독극물이 있는지 화학적으로 정밀히 분석하라고 지시했다. 하지만 아무런 소득도 없었다. 그리하여 남작은 석방되었다. 남작이 오른손에 리볼버를 들고 조롱하듯 웃으며 천천히 황야로 말을 몰아갈 때 사람들은 제정신을 잃고 손을 뻗으며 그를 찢어발기려 했다.

이제 남작은 도시를 완전히 멀리했다. 황야에서 홀로 살

왔다. 하인들이 성에 남은 것은 오로지 그의 재산 때문이었다.

그러던 어느 날 작은 요트 한 척이 도시 앞바다에 도착했다. 청아한 뿔피리 소리가 황야로 울렸다. 미스 일제빌이 백마가 끄는 마차를 타고 매끈한 큰길을 지나 도시로 왔다. 그녀는 시장 광장의 여관에 묵었다. 일제빌은 여관 주인에게 파올로 남작과 악명 높은 성에 대해 물었다. 이어서 지금 남작에게 또 부인이 있는지 물었다. 그리고 또 어디에서 남작을 볼 수 있는지도 물었다. 내일 교외인 스터밍에서 열리는 경마에 가면 볼 수 있다는 대답을 들었다.

이른 아침에 마차가 준비되었다. 마부가 마부석에 올라탔다. 일제빌이 쿠션 위에서 흔들거렸다.

마차와 자동차가 일직선으로 난 가로수 길을 질주해 내려갔다. 크게 곡선을 그리며 경마장 입구 앞으로 향했다. 하늘은 강철색이었고 여름 바람이 불었다. 사람들이 경주로 쪽으로 몰려가 드넓고 푸른 잔디밭 앞의 관중석을 채웠다. 시끄럽게 떠드는 목소리가 들리고 차가 굉음을 내며 지나갔으며 거대한 새가 텅 빈 평지 위를 날았다.

경주가 시작되기 바로 전 일제빌은 패덕(paddock)[5]에 마지막으로 도착했다. 온순한 백마 두 필이 내부가 푸른 개방형 마차를 끌고 서벅대는 모래밭을 지났다. 일제빌이 푸른색 물결치는 벨벳 옷을 입고 마차에서 내렸는데 드러낸 목덜미로 하얀 깃털 장식이 나부꼈다. 일제빌은 미끄러지듯 횡목을 지나 자리로 갔다. 피부는 노르스름하면서 하얬고 이는 가지런했다. 새까만 눈이 끈적끈적한 달팽이 몸처럼 머뭇머뭇 사람

5   경마에서 출전마를 관객에게 보이기 위해 만든 장소.

과 사물 위를 지나가며 자국을 남겼다. 일제빌은 자리에 앉아 미소를 지으며 초콜릿을 씹었다.

파올로 남작은 기둥에 몸을 기대고 있었다. 속보로 가는 백마들을 만족스레 쳐다보았고 햇빛을 막으려 부드러운 펠트 모자를 눈 위에 갖다 댔다. 하얀 타조 깃털이 바람 속에서 꼿꼿이 섰을 때 남작은 네 계단을 내려가 몸을 옆으로 해서 사람들 무리를 뚫고 일제빌 앞으로 갔다. 아랍 사람처럼 빈손을 들어 올렸다. 그녀 앞에서 목을 숙였다. 일제빌은 깜짝 놀랐고 곧 웃음을 터뜨렸다. 칼벨로라는 말이 우승 후보였다. 다리가 가늘고 긴 이 갈색 말은 무리 뒤에서 느긋이 달렸다. 벌써 두 바퀴가 지나고 결승 구간이 다가왔다. 일제빌은 은박지를 떨어뜨리고 긴장한 턱을 손으로 받쳤고 절제된 침착한 말에게 환호성을 질렀다. 결승선이 코앞이었다. 그때 푸르고 흰 옷을 입은 기수가 말 귀에다 얼굴을 바짝 대고 속삭였다. "칼벨로, 이랴. 칼벨로." 그러자 말이 고개를 숙이고 앞으로 네 차례 성큼성큼 뛰어 경주에서 이겼다. 일제빌은 환하게 웃었다. 북적이는 소리가 그녀 위로 지나갔다. 장애물 경주가 끝나자마자 일제빌이 일어나 말 없는 남작에게 함께 드라이브를 가자고 했다. 도시 남쪽 숲을 지나는 동안 그는 자신이 파올로 디 셀비 남작이라고, 운명에 이끌려 이곳에 오게 되었으며 저기 황야에서 산다고 말했다. 그녀는 스스로를 미스 일제빌이라고 소개했다. 남작이 황야의 성에서 부인 셋을 잃었다고 들었는데 그런 기구한 운명에 애도를 보낸다고 했다. 이에 남작은 음울한 눈으로 일제빌을 쳐다보다가 잿빛 머리를 숙였다. 마부가 말을 돌렸다. 그들은 큰길을 되돌아가 곧장 황야로 향했다. 성 가로수 길로 꺾이는 곳에서 길이 좁아졌다. 파올로가 마부에게서 고삐를 넘겨받았다. 말들이 말을 듣지 않고 버텼다. 남작은 마차에서 내려 말을 끌었다. 채찍을 몇 번 때리자 말들이 움직였다. 말들은 거친 숨을 내쉬며 다른 방향으로 가려 했지만 남작이 고삐를 팽팽하게 쥐고 있었다.

잿빛 성이 화려한 자태를 뽐내며 황야에 서 있었다. 숙녀용 건물의 지붕 위로 흰 절벽 끝이 뾰족하게 솟았다. 파올로는 부드러운 모자를 쓰고 똑바로 앉아 있었다. 갈색 뺨과 관자놀이가 움푹 팼고 비스듬한 잿빛 눈은 멍했으며 오직 입만이 평소처럼 동경에 차서 둥글고 부드러웠다. 그들은 해 질 녘 성 앞에 도착했다. 정문에서 남작이 작별 인사로 여자에게 손을 건넸다. 그런데 일제빌이 마차에서 내려 며칠간 성에 손님으로 머물게 해 달라고 청했다. 그녀는 남작을 돌봐 주고 아름다운 음악으로 기분을 풀어 주고 싶어 했다. 그녀는 숙녀용 건물로 거처를 옮겼다.

두 사람은 아침이나 한낮에 말을 타고 외출했다. 일제빌은 방에서 남작을 앞에 두고 노래하고 악기를 연주했다. 그녀는 알록달록한 옷과 물의 요정을 연상시키는 녹색 옷을 입었다. 양탄자 위에서 춤을 출 때면 눈이 하얗게 반짝였다. 여러 갈래로 땋은 검은색 머리칼을 빛나는 이로 꽉 물었다. 파올로는 흐리멍덩히 쿠션에 누워 담배를 피우며 연기에 휩싸였다. 나중에는 양탄자로 몸을 던지고 호기심 가득한 맑은 눈으로 일제빌을 바라보았고 하녀의 기타 반주에 맞춰 흥얼거리는 그녀 목소리를 들었다. 남작의 목소리가 밝아졌고 발걸음이 가벼워졌다. 그러던 어느 날 둘이서 발코니에 서 있을 때 일제빌이 왈칵 울음을 터뜨렸다. 여자는 남작에게 무슨 일이 있는 것인지 알고 싶어 했고 그를 도우려 했다. 하지만 남작은 여자의 노르스름하면서 하얀 양손을 잡아 자기 이마에 갖다 댔고 그러며 낯선 기도를 속삭였다. 남작이 기겁해 벌벌 떨고 목소리를 높이고 그녀가 알아들을 수 없게 뭐라 뭐라 소리를 지르는 동안 그녀는 그의 목에 매달렸다. 남작은 어느새 다시 조용하고 온화해져 일제빌을 방으로 데려다주었다. 그날 밤 남작이 신사용 건물에서 자는 동안 일제빌은 혼자서 반항적이고 침울한 얼굴로 잠긴 방문을 향해 살그머니 다가갔다. 안으로 절벽이 들어온 방이었다. 그녀는 나무 문을 흔들어 대기도 하고 어깨를 대고 끙끙대며 떠밀기도 했다. 하지만 자물쇠가 꽉 잠겨 있었다. 그러자 그녀는 목에서 금십자가를 떼어 내 성모마리아에게 도와 달라고 간청했고 문 아래쪽에서 빗장을 발견했다. 손가락을 집어넣으며 팔이 아플 정도로 안간힘을 다해 빗장을 밀어 올렸다.

소리 없이 문이 활짝 열렸다. 검은 스카프를 둘러쓴 연약한 일제빌은 초를 들었다. 폭이 좁고 쾌적한 방이었고 여자가 쓰는 자질구레한 물건이 탁자와 벽을 덮고 있었다. 삐죽삐죽하고 거친 바위가 넓은 뒷벽을 이루었다. 바위는 흔들리는 빛 속에 기이하게 그림자를 드리웠다. 바닥보다 높은 벽감에는 녹색 침대보가 깔린 침상이 있었는데 그리로 가려면 두 계단을 올라야 했다. 일제빌은 기뻐하며 두꺼운 양탄자 위로 춤추듯 뛰었고 스카프를 벗어 던졌고 희미한 꽃향내를 들이마셨고 등 둘에 불을 붙였다. 그녀는 이제 은밀하기 그지없는 방에 있었다. 녹색 일본 비단이 천장에서 드리웠고 그림과 벽지가 평화롭고 부드럽게 미소 지었으며 기이한 절벽 또한 마치 갑작스레 떠오른 장난스럽고 환상적인 생각처럼 희미하게 빛을 발했다. 그녀는 문을 조용히 살짝만 닫아 놓고 침상으로 뛰어

올라 몽상에 잠겨 여러 시간을 누워 있다가 이른 아침에 불을 끄고 무거운 빗장을 조심스럽게 밀어 내린 뒤 다시 살며시 복도를 지나 자기 방으로 돌아왔다. "아무 일도 없었어. 나한테 아무 일도 안 일어났다고." 그녀가 혼잣말을 하며 기뻐했다. 이제 그녀는 밤이면 밤마다 절벽 방으로 건너가 그곳에서 잤다. 하지만 낮에는 생각에 잠긴 남작 앞에서 끝없이 재잘대고 노래하고 그를 유혹했다. 빠르게 움직이는 새까만 눈은 종종 강렬한 시선으로 남작을 바라보았다. 한번은 일제빌이 바스락거리는 베일 다섯 겹을 쓰고 춤을 추었고 남작은 기막힌 도약을 보고 웃어 대며 그녀 손목을 잡았다. 그러자 그녀가 남작 앞에서 아름다운 자태를 발산하고 그의 목에 매달려 애원했다. "저는 당신 거예요, 파올로." "정말인가요, 미스 일제빌? 정말 그런가요?" 남작의 시선은 강렬하지도 뜨겁지도 않았으며 너무나 암담하고 우울하고 의구심으로 가득했기 때문에 일제빌은 물러나 베일을 두르고 살며시 방을 나갔다. 하지만 남작은 조용한 경외심으로 너무도 충만하게 그녀를 감쌌기에 뺨이 창백한 일제빌은 경이로운 행복에 흠뻑 젖었다.

함께 숲을 돌아다닐 때면 검은 기사는 자주 그녀를 팔에 안아 들었고 이따금 튼튼한 무릎을 풀썩 꿇으며 낯설고 거친 언어로 기도했다. 그녀는 결코 그의 입을 향해 입술을 올리지 않았고 남작은 어쩌다 노르스름하면서 하얀 그녀 손을 잡아 자기 이마에 대고 누를 뿐이었다. 발목이 섬세한 일제빌은 어떤 옷을 입었던가? 검푸른 머리카락을 몇 갈래로 땋았던가? 일제빌은 절벽 방의 비단과 비슷한 녹색 옷을 입었다. 머리카락과 초록 잎을 엮어 세 갈래로 두툼하게 땋았다. 일제빌과 파올로는 같이 놀고 사냥했으며 자주 바닷가에 앉아 둘이서 몽상에 잠겼다. 파올로의 눈이 번뜩였다.

어느 날 한낮에 일제빌이 남작에게 부탁이 있다고 말했다. 파올로가 무슨 부탁이냐고 다정스레 묻자 그녀는 아랫입술을 깨물고는 꼭 해야 할 말이 있다고 했다. 시내에서 의사를 불러오는 게 좋지 않겠느냐는 말이었다. 그녀는 자기가 조금 아픈 것 같다고 했다. 파올로의 입술이 새하얘졌다. 그는 눈을 감고 무겁게 숨을 쉬고는 도대체 어디가 아프냐고 물었다. 그녀는 뭔가 긁는 소리가 늘, 거의 언제나 들린다고 했다. 아주 멀리서 들려오는 소리라고, 마치 어떤 동물이 모래밭을 달리고 자꾸만 멈춰 서서 가쁘게 숨을 쉬는 듯 뭔가 가볍게 스치고 흘러내리고 긁는 소리가 한결같이 계속 들린다고 말했다. 너무도 미세해서 휘파람 소리처럼 들릴 때가 많다고 했다. 남작은 창가에 서서 유리창으로 입김을 불고는 무뚝뚝한 목소리로 내뱉었다. 그런 병에 의사는 필요 없다고. 기분 전환을 해야 한다고. 사냥을 하고 여행을 가야 한다고. 가장 좋은 것은 이곳을 떠나는 일이라고 말했다. 그러자 일제빌이 목청껏 웃고 말하길 자신의 두 마리 말은 아주 어렵게 길을 달려 이곳으로 왔다고, 그런데 지금 남작 없이 그녀를 실어다 줄 말이 어디에 있느냐고 했다. 다부진 남작은 몸을 돌리고 있었고 이마는 찌푸려졌으며 수척한 얼굴은 달아올랐다. 남작은 잠긴 목소리로 호소했다. 가라고, 가라고, 가야 한다고. 자기는 그녀를 원하지 않는다고. 여자도 사람도 아무것도 원하지 않는다고. 남을 비웃는 무가치한 존재 전부를 증오한다고. 가라고, 오, 가야 한다고. 남작은 칼을 주겠다고, 그 칼로 심장에서 병을 도려내라고 했다. 일제빌이 엉덩이를 흔들며 다가오자 남작은 애처럼 몸을 못 가누며 비틀비틀 마주 걸어갔으며 우울하기 그지없고 가련히 그녀를 바라보았다. 그녀는 남작이 가슴에 안겨 떨자 그의 머리칼을 쓰다듬으며 마구 흐느낄 수밖에 없었다. 그녀는 아무것도 묻지 않았다. 벽에서 몰래 단도를 집어 드레스 속에 감추었다.

일제빌은 이제 얇은 드레스를 입고 자주 혼자 외출했고 도시 성벽까지 돌아다녔으며 진기한 조개껍데기나 푸른 돌 아니면 파올로가 좋아하는 향 강한 수선화도 가져다주었다. 한번은 교외에서 늙은 농부와 대화를 나누었는데 농부는 남작이 사악한 괴물에게 자신을 완전히 팔아넘겼다고 말했다. 예전에 바다 밑바닥이었던 곳, 그러니까 저기 황야에는 아주 먼 옛날부터 괴물이 있는데 절벽에 살면서 이 년마다 사람 하나를 필요로 한다고 했다. 무슨 동화처럼 들리겠지만 사실이라고 했다. 요즘 여자들이 그토록 음탕하고 타락하지 않았다면 그 불쌍한 기사는 오래전에 괴물에게서 해방되었으리라 했다. 일제빌은 기쁜 마음으로 이야기를 들었다. 오래전부터 익히 알던 이야기였던 까닭이다.

일제빌은 손수 잡은 도마뱀을 방에서 가지고 놀았다. 한번은 그녀가 미소를 지으며 하소연하길 실은 그토록 시끄럽게 긁고 으르렁대고 바스락대는 동물을 찾으려는 것뿐이라고 하자 파올로는 한참을 요절 복통 하다 말했다. 도시에서 아는 시인 하나를 초대할 생각이라고, 시인이 동화와 기이한 이야기로 그녀를 즐겁게 해 줄 거라고. 그 시인은 영혼에 대해 잘 안다는 것이었다.

다음 날 한낮에 시인이 넓은 큰길을 지나 성으로 산책을 왔다. 탁자에 세 사람이 둘러앉았다. 파올로는 시인에게 일제빌 곁에서 의사 역할을 해 달라고, 우울한 기분을 풀어 달라고 부탁했다. 그가 보기에 그녀 안에서 긁고 바스락대는 소리를 내고 그녀를 집어삼키려 위협하는 것은 일종의 우울이라는 것이었다. 시인은 발코니 방에서 그녀와 이야기를 나누었다. 그는 날씬한 청년으로 팔이 길고 거침없이 몸을 움직였다. 시인은 위엄 있는 눈빛으로 그녀를 훑어보았다. 두 사람은 그녀의 그림 위로 몸을 숙이고 함께 웃었다. 시인이 춤을 춰 달라고 청했을 때 야성적인 그녀는 그렇지 않아도 이미 춤추려는 욕구가 깨어난 참이었다. 두 사람은 일제빌의 마지막 베일을 쓰고 함께 춤추었고 고삐가 풀린 일제빌은 시인과 발코니로 뛰어올라 갑자기 성과 늪, 긁는 소리를 내는 동물을 비웃었다. 그녀는 철제 난간 위로 몸을 숙이고 어스름한 황야를 향해 크게 웃음을 터뜨렸다. 자기가 미친 사람, 정말이지 거의 미친 사람 같다고, 육신이 살아 있는 시체나 다름없다고 했다. 옛날 옛적 용이 전부 깨어나 파올로의 행복을 살해해 버렸으면 좋겠다고 했다. 자기는 깨어나려는 짐승을 딱 하나 안다고, 그것은 바로 자기 자신이라고 말했다. 그녀는 풍만한 팔을 위로 뻗었고 바다에게 외쳤다. 다시 떠나고 싶다고, 여행하고 방랑하고 계속 사랑하고 계속 키스하고 싶다고. 어둠이 닥치기 전에 시인은 그곳을 떠났다. 그녀는 콧노래를 부르며 머리카락에서 초록 잎 하나를 떼어 시인의 입술 사이에 끼웠다.

　성 안이 깜깜해지자마자 일제빌은 검은 스카프를 둘렀고 여전히 볼이 달아오른 채 손에는 초를 들고 왼팔에는 장작 둘을 올렸다. 마지막으로 절벽 방에 불을 지르고 밤과 안개 속으로 사라지려 했다. 바다에서는 시인이 도주를 위해 준비한 요트가 벌써 기다리고 있었다. 일제빌은 헐떡이며 침침한 복도를 지났다. 어둠 속에서 맞은편으로부터 다가오는 발걸음 소리가 들렸다. 그녀는 무릎을 이용해 장작을 바닥으로 조용히 미끄러뜨렸다. 파올로였다. 그는 아무것도 묻지 않고 그녀의 초를 가만히 바닥에 세워 놓고는 잠자코 그녀의 머리카락과 손을 어루만졌다. 일제빌의 검은 눈은, 연민으로 가득하고 경악스러운 위안을 주는 남작의 눈에서, 밝고 숨김없이 평온한 남작의 얼굴에서 떨어지지 않았다. 남작의 비스듬한 눈은 심지어 그녀에게 감사의 빛을 반짝였고 그의 입은 처음으로 그녀 입술로 다가가 키스했다. 남작은 오늘 밤중에 도시로 간다고 했다. 그녀는 복도에서 웅크렸다. 촛불은 꺼졌고 억누를 길 없는 두려움이 어깨를 뒤흔들었다. 그녀는 두 손으로 십자가를 높이 쳐들고 일어났고 장작은 그대로 놔두었다. 복도를 지나야 했다. 문으로 가야 했다. 그 방으로 가야 했다. 그녀의 얼굴이 굳었다가 맥없이 일그러졌다. 일제빌은 십자가를 앞세우고 울면서, 뼈저리게 뉘우치면서 힘겹게 발걸음을 떼었다. 그녀는 빗장을 밀어 올렸다. 방에서 손을 비비며 왔다 갔다 하고 가슴을 쳤고 부드러운 양탄자 위에서 잠들었다.

꿈에서 일제빌은 긁는 소리와 쾅 소리, 남자들이 크게 외치는 목소리를 들었다. "일제빌, 달아나. 달아나라고, 일제빌, 일제빌!" 벌떡 일어났다. 바위로부터 불길이 넘실대며 불타는 입이 다가왔다. 바위 한가운데가 쫙 갈라져 구멍에서 물이 흘러나오며 끔찍한 바다 괴물, 수없이 많은 촉수를 휘말고 있는 메두사[6]가 몸을 뒤척였다. 일렁이는 푸르고 붉은 불길이 마치 숨처럼 몸통에서 나왔다. 일제빌은 문을 찾아 내달렸다. 하지만 찾을 수 없었다. "파올로, 파올로." 미친 듯이 날카롭게.소

6　'해파리'를 뜻하기도 한다.

리를 질러 댔다. 괴물이 그녀를 향해 쉭쉭거렸다. 달콤한 기운이 그녀 몸을 마비시키며 퍼졌다. 그녀는 죽음의 공포에 사로잡혀 벽을 두드려 댔다. 번쩍거리는 창 한 자루가 벽에 걸려 있었다. 그녀는 창을 내려 앞뒤 가리지 않고 불길 속으로 던졌다. 거의 쓰러지며 문을 찾은 그녀는 비명을 지르고 그을은 두 손을 마구 휘저으며 말없는 복도를 달렸다. 자기 방문 앞에 쓰러져 가만히 누워 있었다.

의기양양한 일제빌은 어둑어둑한 새벽까지 그렇게 누워 있었다. 그녀는 일어나 흔들림 없이 침착하게 신발과 양말을 벗고 머리를 풀었으며 맨머리로 얇은 치마만 입은 채 성을 나섰고 정문을 통과해 도시를 향하여 황야를 지나다 자작나무가 있는 곳에 이르렀다. 일제빌은 단 한 번도 몸을 돌리지 않았다. 뒤에서 괴물이 미쳐 날뛰었다. 바다로부터 뭔가 터지는 우레 같은 소리가 들려왔다. 높은 밀물이, 수 킬로미터에 이르는 잿빛 벽이 몰려와 둑과 제방을 부쉈으며 넘실넘실 거품을 일으키면서 저주받은 벌판을, 일찍이 바다였던 곳을 덮쳐 다시 뒤덮었다. 잿빛 성과 자고 있는 숱한 가련한 사람들도 예외가 아니었다. 무시무시한 물은 도시 앞, 자작나무가 있는 산의 턱밑까지 물결을 던졌다. 일제빌은 산을 올라갔다. 나무 사이로 지나는 동안 안개가 숲을 덮었다. 그녀는 한 그루 나무 앞에서 기도하고 거기에 십자가를 걸어 두었다. 그러자 나무에서 엷고 엷은 연기가 나오며 라일락보다 달콤한 향기를 풍겼다. 연기는 길을 가는 일제빌을 휘감았고 그녀는 곧 넓고 향기로운 외투의 주름 속에 감싸였다. 앞뒤 한 발짝도 보이지 않았다. 성모 마리아의 외투가 자기를 감쌌음을 깨달았을 때 일제빌은 겁먹은 소녀처럼 울기 시작했다. 점점 더 빨리 달렸지만 자꾸만 넘어졌다. "살고 싶어요. 아, 성모 마리아시여. 앞으로도 꽃을 볼 수 있게 해 주세요. 작은 새를 볼 수 있게 해 주세요. 아, 성모 마리아시여. 자비를 베풀어 주세요. 전 알아요. 제가 당신을 위하듯 당신도 절 위하심을요." 일제빌의 입술에서 핏기가 가셨다. 그녀는 점점 더 옅어졌다. 자작나무를 뒤덮은 옅은 안개 속에서 신음을 토하며 사라져 가다 아주 없어져 버렸다.

어느새 바닷물 위로 해가 떴을 때 한 남자를 태운 검은 수말 한 마리가 도시에서 성벽이 트인 곳을 지나 천천히 다가왔다. 말에 탄 남자는 산을 올랐다. 정상에 선 남자 앞으로 수 킬로미터에 걸쳐 잿빛 바닷물이 거품을 내며 미친 듯 날뛰었고 길도 성도 보이지 않았다. 남자는 말에서 내려 나무줄기에 말을 매어 두고는 자작나무 사이를 지나갔다. 한 나무에 조그만 금십자가가 걸려 있었다. 주위에 달콤한 향기가 감돌았다. 남자는 부드러운 모자를 벗고 무릎을 꿇고는 나무껍질에 이마를 댔다. "당신은 우리에게 크나큰 두려움을 주셨습니다, 성모 마리아시여. 또 당신은 우리에게 크나큰 사랑을 주셨습니다, 성모 마리아시여."

도시 사람들은 제방이 무너지던 날 시내를 빠르게 지나가는 검은 기사의 모습을 한 번 더 보았다. 그리고 오랜 세월이 지나 중앙아메리카에서 전쟁이 기승을 부릴 무렵 다시 남자의 소식이 들렸다. 당시 남자는 의용대 지휘관으로 이교도 원주민과 싸우다가 적의 교활한 습격을 받고 부대원 전원과 함께 전사했다.

제삼자

보스턴의 저명한 부인과 의사인 윌리엄 컨버든 박사가 4월
14일 《매일 뉴스》에 여자 비서 구인 광고를 냈다. 그는 부인과
협회 회장으로 선출되어 과중한 사무에 시달리던 차였다. 컨
버든이 힘든 사정을 토로하자 곱사등 가정부는 여자를 하나
구하기로 했다. 비용이 적게 들고 무엇보다도 해고하기가 더
수월하다고 했다.

4월 18일 진료 시간이 끝났을 때 가정부가 두 여자를 선
보였다. 컨버든은 의자에 앉아 무심히 몸을 돌렸고 지적이고
날카롭게 생긴 흑인 아가씨가 살짝 몸을 숙이자 고개를 끄덕
여 답했다. 하지만 컨버든의 차가운 잿빛 눈은 그 옆에서 낯을
붉히며 증명서를 건네는 금발 아가씨를 더 오래 주시했다. 곧
그는 넓은 턱을 손으로 쓸며, 서류는 들춰 보지도 않고, 수줍
음 많으며 볼이 통통한 금발 아가씨를 택하기로 결심했다. 그
여자가 머리를 예쁘게 땋았고, 매력적인 그녀를 길거리로 내
보내면 마음이 불안해질 것 같았기 때문이다. 또한 그녀에게
금방 싫증이 나겠거니 싶었기 때문이기도 했다.

다음 날 아침, 여자가 받아 적도록 구술을 시작할 때 수척한 컨버든은 그녀가 있어 생각의 흐름을 방해받는 느낌이 들었다. 그래서 진찰실의 긴 양탄자 위를 왔다 갔다 하며, 오랫동안은 아니고, 망설이다가 여자가 앉은 의자 뒤에서 멈춰 섰다. 여자는 푸른 원피스를 입었고 깔끔하게 땋은 머리를 책상 위로 숙이고 있었다. 여자의 등을 바라보던 컨버든의 시선은 드러난 목덜미에서 멈췄다. 그리하여 그는 흰 스탠드칼라를 천천히 올리고 원피스와 옷깃 사이 틈으로 키스했다. 여자가 소스라쳤고 그녀의 눈이 빛났다. 컨버든이 목덜미 부분의 밝은 머리털을 이 사이로 통과시키자 여자가 키득거리면서 뜨거운 뺨을 뒤로 돌려 그의 머리에 댔고 의자에서 기지개를 폈다. 이어서 컨버든이 얇은 입술로 그녀 뺨을 더듬자 별안간 여자가 책상으로 홱 몸을 숙여 팔에 고개를 묻고 잠시 동안 무척 가냘프게 흐느꼈다. 그동안 컨버든은 날카로운 얼굴을 숙이고 왼손은 턱에 댄 채 생각에 잠겨 뒤에 서 있었다. 여자는 한 번 더 몸을 들썩이고 얇디얇은 손수건으로 눈을 훔치고는 일어서서 몸을 돌리고 벌게진 눈으로 컨버든을 올려다보았다. 메리 월터라 하는 이 금발 아가씨는 곧 컨버든의 흰 조끼에 고개를 대고, 정말 놀랍게도, 입을 내밀었다. 처음에 컨버든은 이게 무슨 일인지 자세히 보려고 자유로운 왼손을 상의 주머니로 가져가 코안경을 집으려 했지만 결국 여자에게 과감히 키스했고 조심스럽게 그녀를 "사랑스러운 월터 양."이라 불렀다. 월터 양은 다시 의자에 앉았고 컨버든은 만족스럽게 양탄자 위를 거닐며 구술을 계속했다. 일이 끝나 갈 때 컨버든은 머릿속에 떠오르는 몇 마디 말로 사랑을 고백했고 월터 양은 아무 생각 없이 그대로 속기해 나가다가는 자기 이름이 들리자 무슨 소리인지 알게 되었다. 그녀는 아연실색한 컨버든과 팔짱을 끼고 양탄자를 거닐었다. 바쁜 의사는 일이 빠르게 진행되어 진심으로 기뻤다.

컨버든은 월터 양과 극장에 가고 함께 저녁 식사를 하며 며칠을 보냈다. 그렇게 정확히 일주일이 흘러 작업을 마치고 긴 안락의자에 앉아 월터 양을 바라보다가 또 한 가지 생각이 떠올랐다. 월터 양이 막 푸른 치마 위로 레이스 장식이 달린 흰 앞치마를 매며 하얀 테니스화를 내려다볼 때 컨버든은 자기가 뒤에서 앞치마 단추를 채워 줘도 되겠느냐고 했다. 그러고 단추를 채워 주면서 떠듬떠듬하는 목소리로 뒤에서 귀에다 속삭였다. 오늘 밤 바로 근처에서 자고 갔으면 한다고. 월터 양은 한동안 손가락 끝을 바라보다 홱 하고 그의 손에서 빠져나와 발을 구르고는 우선 나지막한 소리로 말했다. "안 돼요." 그러자 컨버든이 마찬가지로 나지막히 "왜지요?"라고 물었다. 그리고 다가올 상황을 미리 계산해 곧바로 말을 놓았다. 그녀는 가족과 함께 살기에 안 된다고 했다. 메리가 하루 동안 선생님 출장에 동행해야 한다는 전보가 그녀 어머니에게 보내졌고, 지시를 받은 곱사등 가정부는 컨버든 박사가 비서와 계획대로 즐거운 밤을 보낼 수 있도록, 오래전부터 이런 용도로 쓰이던 방을 청소했다.

월터 양을 데리고 부득이하게 수고로운 작업을 하는 동안 다만 몇 가지가 컨버든의 신경을 건드렸다. 왜냐하면 여자가 처음에 강력하게 저항했고 밤 내내 눈에 띄게 흥분해 있었으며, 무엇보다도 의심의 여지 없이 처녀임이 밝혀졌기 때문이다. 이를 알자 컨버든 박사는 속으로 대단히 격분했다. 그는 꼭두새벽에 일어났고 아침에 세면대 앞에서 월터 양의 품행을 큰 소리로 질책했다. 금발을 땋은 그녀의 모습을 보고 어떻게 그런 일이 가능하다고 생각하겠느냐고. 대체 자기에게 뭘 원하느냐고. 이는 그녀가 터무니없이 미숙함을, 그리고 그라는 사람을 완전히 잘못 생각했음을 보여 준다고. 그녀의 이 과거 문제를 어떻게 극복해야 할지 도무지 모르겠다고. 월터 양은 속옷 차림으로 창가에 앉아 엉엉 울었다. 어쩌다 일이 이렇게 되었는지 자기 자신도 모르겠다며 용서를 구했다. 오전에 컨버든은 격노하면서 몇 시간 동안 그녀에게 말을 받아 적게 했다. 월터 양이 졸면서 책상 위로 엎어질 때까지. 천진난만해 보이는 그녀의 상스러운 작태에 그는 자제력을 잃었다.

컨버든은 즉시 월터 양을 쫓아내려 했다. 하지만 곰곰이 생각해 보니 그럴 경우 그녀는 너무 싼값을 치르는 격이었다. 그의 영혼에 그런 범죄를 저지르고 이제 내빼 버린다면 그녀에게 만족스러운 일이리라. 저녁에 월터 양이 식사하러 나타나자 컨버든은 우선은 삼 개월 동안 그녀를 정식으로 고용하겠다고 말했다. 월터 양이 손뼉을 쳐 댔다. 컨버든은 정식 계약서를 만들었다며 서명을 재촉했다. 월터 양은 읽지도 않고 서명하고는 그의 목에 매달렸다. 컨버든은 어둡게 미소 지었다. 여러 날 동안 폭발적으로 분노를 터뜨리던 이 근엄한 남자는 마치 다른 사람처럼 보였다. 그는 며칠 후 벌써 옆 건물에 집을 하나 빌려 여자에게 내주었고 여자를 비서 자리에서 물러나게 한 뒤 늙은 사무원을 고용했다. 월터 양은 컨버든의 집에서 말동무 역할을 해야 했다. 컨버든이 원할 때 와 있으면 될 뿐 그 밖엔 아무것도 할 필요가 없었다.

월터 양은 이제 컨버든네 가구를 재배치하고 사랑 그림과 작은 깃발을 걸었으며 매일 저녁 컨버든의 식탁에 와 앉았다. 컨버든은 며칠간 월터 양과 한마디도 하지 않고 그녀의 존재를 견디며 온갖 표정으로 경멸을 드러냈다. 그러던 어느 날 월터 양이 조용히 식사하는 동안 컨버든의 얼굴이 푸르고 붉게 부어올랐고 이마에는 볼펜처럼 핏대가 불거져 나왔으며 눈이 툭 튀어나왔다. 컨버든이 월터 양 옆 식탁을 주먹으로 치며 말했다. "저녁마다 여기 우리 집 식탁에 앉지 말라고. 이 식탁 의자는 비어 있어야 해. 아무도 여기에 앉으면 안 돼." "그럼 로리, 전 대체 어디에 앉죠?" "어디든 앉고 싶은 데 앉으라고. 문 앞이라든지. 이 자리는 비었으면 좋겠어." 월터 양은 울면서 일어섰다. "그러니까 제가 떠났으면 하는 거예요?" "떠난다고? 정말 너랑 딱 들어맞는 소리군. 뭐, 떠나? 왜? 어디로 가려고? 아, 난 널 알아, 알고 있다고. 떠난다라. 오래전부터 넌 떠나려 했지. 그렇지만 내 허락 없이는 이 방에서 나갈 수 없어. 넌 여기 있어야 해. 얌전하고 온순해질 때까지 널 가두어 둘 테니까. 이 뻔뻔스러운 것아." 그러면서도 컨버든은 곱사등 가정부로 하여금 월터 양을 그의 딸이나 부인처럼 상상할 수 있는 한 모든 면에서 극진하고 상냥히 대하도록 했다. 그것이 그의 요구였다.

　수척한 컨버든은 마음이 누그러졌고 다시 이 금발 아가씨와 보스턴의 넓은 번화가를 산책했다. 진지하고 간절한 태도로 숙녀에 대한 예의를 갖춰 그녀 주위를 움직였다. 절망적이고 부자연스러운 굴종이 깃든 목소리는 자주 한탄조를 탔다. 한번은 해 질 녘 두 사람이 진료실 창가에 나란히 앉아 있었다. 컨버든이 민숭민숭한 이마를 여자의 둥근 어깨에 올리고 말했다. "자, 메리. 거리가 얼마나 많은지 봐. 저기 광장 너머에 다섯 곳, 강 건너 멀리 노동자 구역에는 수백 곳이 있지. 거리마다 집이 백 채는 있고 집마다 숱한 남자가 살고 있어. 나보다 젊고, 나보다 낫고, 나보다 멋진 남자들이 말이야. 층마다, 이 창문들 안마다 있지. 그 남자들은 아무것도 생각할 필요 없고 온종일 머릿속이 자유롭지. 한번 상상해 보라고. 그남자들이라면 얼마나 기꺼이 널 사랑하겠어. 네 충실한 눈과 네 통통한 팔을 말이야. 네 살결은 팽팽하고 네 가슴은 아주 탄력 있어. 젖꼭지는 장밋빛이고. 아, 맙소사. 네 피부는 어찌나 부드럽고 매끈한지. 메리, 그런데 이 모든 건 날 행복하게 하기는커녕, 날 괴롭히고, 숨 막히게 해. 네가 떠나야 하느냐고 지금 또 묻진 말아 줘. 그게 나한테 무슨 소용이겠어? 난 네 뒤를 쫓으며 울 게 뻔한데. 네가 없다면 이루 말할 수 없이 기쁠 것 같아. 여기 창가에서 몸을 숙이고 너를 품에 안아 길바닥에 꽃비처럼 흩뿌리고 싶은 심정이야. 저 너머 창문 안으로 그리고 내 머리 위에서 방 안으로 흩뿌리고 싶어. 그 생각을 하면 내 마음이 녹아 버려. 하지만 지금 나한테 손대지는 마. 절대 날 위로하지 마. 내 머리를 어깨에 그대로 놔둬, 메리, 메리."

월터 양은 컨버든을 무척 조심스럽게 대했고 그에게 식사를 차려 주었으며 끝없이 친절하고 참을성 있게 그의 일을 거들었다. 컨버든이 그녀에게 소리를 질러 대고 자신을 옭아맨 불행을 탓하며 양손으로 가슴을 칠 때면 그녀는 살그머니 빠져나와 계단을 내려가 집에서 울다가 몇 시간 후 돌아와 가정부에게 이제 주인이 괜찮아졌는지 걱정스레 물었다. 그러면 컨버든이 어느새 복도에서 손을 잡아 월터 양을 안으로 끌고 갔고, 그녀가 무슨 어린애같이 극적인 긴장을 좋아하며 인간을 비현실적이고 이상적으로 이해한다며 언짢은 얼굴로 호통

쳤다.

이제 월터 양은 왕진 마차 안에서 컨버든 옆에 앉곤 했다. 폭이 넓고 피처럼 붉은 리본이 달린 커다란 밀짚모자를 썼고 리본 양 끝을 앞으로 해서 목에다 맸다. 그녀는 매끈하게 면도한 수척한 의사 옆에서 하얀 고급 리넨 원피스를 입고 마치 딸처럼 쿠션에 앉아 있었다. 컨버든의 높고 좁은 이마와 곧은 코, 깊게 파인 입가 선은 흡사 대리석 조각 같았다. 머리는 가마 부분까지 벗겨졌다. 날카로운 잿빛 눈은 앞을 똑바로 바라보았다.

월터 양의 입술은 섬세하고 순결했다. 컨버든은 이에 깊이 매혹되었고 딱딱한 손을 그녀 입에 대며 얼음처럼 차가운 소망을 품었다. 가느다란 칼로 입술을 도려내고 ― 그러면 그녀의 순결함이 통째로 사라져 버리리라.― 고분고분하고 온순한 눈을 도자기 종으로 덮어 버리고 싶었다. 물결치는 많은 머리카락을 붙잡아 단번에, 머리 가죽을 벗기며 오래도록 당겨 몸에서 떼 내고 싶었다. 부드럽고 교태 넘치는 피부, 매끈한 흰 살결을 완전히. 그러면 그녀, 메리가 그의 앞에 누워 붉은색으로 움찔거리고 근육이 드러나 불끈거리겠지. 마치 표본처럼, 경련을 일으키며 헐떡이는 동물처럼, 메리가.

컨버든은 월터 양을 완전히 자기 집에 들어와 살게 했다. 거리 인파 속에서 그녀를 눈여겨보는 사람이 거의 없는데도 월터 양은 두꺼운 흰 베일을 꼭 쓰고 다녀야 했으며 작은 곱사등 가정부가 그녀와 동행했다. 수척한 컨버든은 그사이 밤이면 몰래 시 변두리의 빈민굴에 가서 망종들에게 음란과 타락을 배웠다. 경계가 철저하고 조용하며 푸른 커튼으로 가려진 메리의 방은 두 사람의 광란으로 진동했다. 월터 양은 옆에 앉아 컨버든을 안았고 광포한 그를 가엾게 여겼지만 그는 어떻게 하면 그녀를 남김없이 완전히 망가뜨릴 수 있을지 필사적으로 생각했고 월터 양이 아무 일도 없다는 듯 충실하고 푸른 눈으로, 소박하게 땋은 머리로, 천진난만한 목소리로 여전히 옆에 앉아 있자 초조하게 손을 비볐다. 어떻게 하면 그녀 속에 흔적을 남길 수 있을까. 단 하나의 작은 흔적이라도. 한번은 월터 양이 그의 가슴에서 조용히 흐느끼다가 묻기를 그들이 지금 서로를 그토록 거칠게 대하는 것 때문에 자기를 안 좋게 생각하지는 않느냐고 했다. 그러자 컨버든은 노여워하면서 그렇게 지나친 소리는 하지 말라며 그녀를 위로했다.

그다음 날 컨버든은 월터 양에게 배우 수업을 시키고 싶다고 이야기했다. 그녀는 모든 이의 것이었다. 모두가 그녀를 취할 수 있었고, 취해야 했다. 컨버든은 그녀가 무척 아름답다고 했다. 무척 청아하게 노래한다고 했다. 그런 그녀를 그의 집에서 시들게 두는 것은 그야말로 직무 태만이라 했다. 월터 양은 바리에테 극장에서 무용수로 무대에 올랐다. 커튼이 휙 올라갔고 밝은 조명을 받은 의사의 머리통이 숙어졌다. 이제 그는 행복했다. 이제는 메리의 아름다움이 홀 안 모든 이의 얼굴에 자리했다. 옆자리 백정의 넓은 입은 그녀의 달콤한 미소를 탐욕스럽게 빨았고, 금발의 메리가 춤을 추며 허벅다리의 둥근 선을 구부렸다 펴자 그 옆에 앉은 부인의 퉁방울눈이 굳었다. 첫째 줄에 앉은 젊고 건장한 애송이는 오페라 안경으로 메리의 가슴을 깨물었다. 이제 메리가 꽃비처럼 홀 위로 떨어졌다. 컨버든은 마차에서 헐떡이고 웃으며 쏜살같이 그곳을 떠났고 그녀를 홀로 관객에게 내맡겼다. 그는 자기 방에 숨어 문을 전부 잠갔다. 가정부는 예전 좋은 시절처럼 혼자 시중을 들었으며 그동안 의자는 빈 채로 널려 있었고 컨버든 자리 옆에는 식기가 없었다. 컨버든은 식사를 마친 뒤 식탁과 의자를 쓰러뜨렸고 소파에 앉아 기분 좋게 다리를 쭉 뻗었다.

하지만 불안한 밤이 지나고 아침이 오자마자 컨버든은 진료실 창 앞에 서서 텅 빈 거리를 내려다보았고 메리, 그 창녀, 영혼 없는 천한 피조물, 살인자, 흡혈귀를 향해 팔을 뻗었다. 어떤 거미도 메리가 그를 대하는 것보다 더 사악하게 파리를 다룰 수는 없었다. 여기 방 안의 모든 것은 컨버든에게 월터 양이 수천 번 가한 고통을, 그가 그녀 때문에 겪은 고생을 말해 주었다. 그런데 그녀는 뜨뜻한 오물 속에서 뒹굴고 있었다. 그녀를 때릴 채찍은 없었다! 그녀는 어디에 숨어 있는가! 그의 소유물인 그녀는 어디에 숨어 있단 말인가! 그의 암캐는!

오후 5시쯤 월터 양이 흰 소녀 원피스를 입고, 커다란 밀짚모자를 쓰고, 기쁨으로 들떠서, 웃으며 초인종을 눌렀다. 컨버든의 목으로 달려들어 자기가 얼마나 행복한지, 얼마나 큰 호응을 받았는지, 오늘 저녁을 얼마나 기대하는지 조잘댔다. 컨버든은 간밤에 어디에 있었느냐고 묻지 않았다. 월터 양을 마치 인형처럼 품에 안고 울음보를 터뜨리며 양탄자 위로 엎어졌다. 그녀 입에 키스하고 횡설수설했다. 이제는 무대에 서지 말고 그의 집에 있으라고 쉰 목소리로 간청했다. 물론 언제든 원할 때면 떠날 수 있지만 곁에 머물러 달라고 했다. 그러자 월터 양이 마구 흐느끼기 시작했고 무슨 일이 있었느냐고 물었다. 그녀는 몸을 덜덜거리며 컨버든을 일으켰고 얼굴이 달아올라 입술을 파르르 떨면서 흠뻑 젖은 눈으로 그를 바라보았다.

다음 날 오전 컨버든은 월터 양과 관청에 갔고 며칠 후 다시 그곳을 방문했다. 그렇게 둘은 부부가 되었다.

두 사람은 해변 휴양지에서 행복한 몇 주를 보냈다. 그러던 어느 아침에 메리는 테니스를 치려고 옷을 갈아입다가 옆 방에서 끔찍한 비명 소리를 들었다. 방 한가운데에 셔츠 바람의 컨버든이 꼿꼿이 서서 오른손에 구겨진 편지를 쥐고 있었다. 컨버든은 천장으로 팔을 뻗으며 메리의 이름을 날카롭게 외치고 양탄자에 털썩 쓰러졌다. 메리가 뜨겁게 달아오른 컨버든의 머리를 들어 올리자 그가 더듬더듬 말했다. "난 끝장이야." 그리고 마음이 진정되자 혼자 있게 해 달라고, 신경성 발작이 온 거라고 했다. 구겨진 편지의 내용은 다음과 같았다.

존경하는 박사님께. 부인이 무척 아름답더군요. 나는 부인을 손에 넣을 것이오. 부인이 내 것이 되리라는 건 나 자신뿐 아니라, 존경하는 박사님 당신에게도 불 보듯 뻔한 일이오. 부인을 손에 넣으려 노력할 때 박사님이 그것을 눈치채지 못하게 하는 것은 어려운 일, 아니, 불가능한 일이겠죠. 그래서 부탁드리건대 첫째, 내 계획을 알고 계시오. 그리고 둘째, 의심의 여지가 없는 결과가 나오더라도 문제를 일으키지 마시오. 존경하는 박사님, 바로 당신을 많이 생각해서 드리는 말씀입니다만, 이달 25일 찰스 공원에서 동기를 정확히 밝히고 자살하시길 권하오. 추신. 내게 차가 한 대 있소. 필요한 일을 처리하는 데 쓰실 수 있도록 빌려 드리겠소.

곡예사 폴 윗스트렌.

컨버든 박사는 거의 한 시간 후 곡예사 폴 윗스트렌 씨에게 답장했다. 친절한 편지를 오늘 잘 받았다고 확인해 주었고 관대하게도 죽음을 결정해 주어 고맙다고 했으며 바로 차를 보내 달라고, 차는 적절히 정비해 두겠다고 했다.

컨버든 박사는 그 차를 타고 맨 먼저 곡예사의 시골 저택으로 갔다. 앞으로 일어날 일들이 절대 메리 귀에 들어가지 않도록 약속하기 위해서였다. 윗스트렌이 그를 맞아 주었다. 다부지고 어깨가 넓으며 네모난 얼굴에 홍조를 띤 삼십 대 후반 남자로, 평범하게 생겼지만 눈이 맑고 침착했다. 윗스트렌은 웃으며 박사와 악수했고 아름다운 부인과 그녀의 훌륭한 남편을 알게 되어 기쁘다고 이야기했다.

윗스트렌은 메리와 행복한 시간을 보내고 싶다고 했다. 두 남자는 포도주를 한잔하며 앉았다. 윗스트렌이 첫 잔을 비운 후 곧장 조심스럽게 말하길 컨버든이 머지않아 죽어도 부인에게는 죄가 없으며 자기 역시 마찬가지라 했다. 오히려 지금 상황에서는 죽음이 저절로 일어날 것이며 따라서 25일에, 온당한 행위가 다 그렇듯, 완전히 공개적으로 자살하는 게 또한 이성적일 것이라 했다. 컨버든 박사는 두 잔째를 마실 때 리볼버를 뽑아 들고는 놀란 윗스트렌에게 다가갔고 지금 당장 윗스트렌의 오른쪽 눈에 총알을 발사하면 어떻겠느냐고 의견을 물었다. 윗스트렌에게는 무기가 없고 자기는 자동 권총을 능숙하게 다루니 그게 이득이라고. 그러자 윗스트렌은 따져 생각해 보지도 않고, 그럴 수 있다고 인정했다. 하지만 여유 만만한 미소를 띠며 의자에서 미동도 않고 덧붙이길 달라질 건 아무것도 없다고 했다. 만약 그리되면 다음 달 또 다른 남자가 메리를 아름답다고 생각하고 컨버든 박사에게 그 사실을 알리리라는 말이었다. 윗스트렌 씨는 나무라는 눈빛으로 의사에게 다가갔고 컨버든은 부끄러워하며 리볼버를 내렸다. 윗스트렌이 컨버든에게 편지를 쓴 것은 그를 이성적인 사람으로 생각했기 때문이라 했다. 정말이지 일어날 수밖에 없는 일을 지연해선 안 된다고 했다. 그러고는 사람 좋게 웃으며 의사에게서 리볼버를 가져갔고 그의 어깨를 툭툭 두드렸다. 두 남자는 생각에 잠겨 계속 포도주를 마셨다.

집에 돌아온 컨버든 박사는 연미복을 입고 실크해트를 쓰고 교회에 갔다. 주의 깊게 설교를 들었고 예배가 끝나자 신부 면담을 신청했다. 그는 문가 의자에 앉아 신부에게 사정을 설명하고 물었다. 영혼의 전문가로서, 25일로 예정된 자살의 동기가 사라질 거라 생각하느냐고, 자기는 부인과 의사라서 심리학은 잘 모른다고 했다. 예수회 수도사 같은 얼굴에 젊고 무척 엄숙한 신부는 그 일을 두고 컨버든과 하나부터 열까지 세심하게 이야기를 나눴다. 그러고는 이렇게 결론을 내렸다. 적어도 심리학적으로는 컨버든에게 모종의 어둠과 편협함이 있다고 할 수 있으며 이러한 천성은 교육과 생활 방식을 통해 배양되어 이제는 거의 없앨 수 없다고. 신부는 이 상황이 메리에게 반가운 것이라 했다. 컨버든에게는 그의 존재가 무의미하다는 점을 말함으로써 위안을 줄 수 있을 뿐이라 했다.

인기 있는 부인과 의사 컨버든은 이로써 아주 분명히 알게 되었다. 그는 두 주 더 살 수 있었다. 그 뒤로 냉정하게 상황을 심사숙고할 때면 무엇인지 전혀 알 수 없는 평온이 찾아왔다. 컨버든은 즐겁게 걸었으며 눈에서 나오는 광채는 모든 이의 이목을 끌었다. 특히 젊은 부인을 깊이 감사하는 마음으로 대했으며 그녀와 함께 차를 타고 교외에 나가 산책했다. 이 시기에는 정말 마음속으로부터 부인에게 애정을 느꼈다. 메리는 이렇듯 아름답고 희망찬 나날을 그에게 선사했다. 그리고 며칠 동안 컨버든은 다시 혼자였다. 곡예사 폴 윗스트렌의 훌륭한 충고에 따르면 영혼의 온갖 우스꽝스러움은 기계적인 움직임으로 얼마나 손쉽게 해소되는가. 매일 컨버든은 메리를 데리고 바리에테 극장에 가 그 탁월한 남자가 출연하는 공연을 보면서 지칠 줄 모르고 그의 유연성을 칭찬했으며 그의 사진을 사다가 방 침대 옆에 두었다. 죽기 이틀 전 컨버든은 주변 지인을 전부 찾아가 자신의 계획을 알렸다. 상점으로, 채소 가게로, 선술집으로 갔다. 그러면서 덧붙여 말하길, 기쁘게도 곧 메리를 떠나게 되니 그들에게 천 달러씩을 유산으로 내놓겠다고 했다. 또 죽기 한 시간 전에는 진심 어린 저주가 담긴 전보를 보내겠다고도 했다. 컨버든은 이 선언을 들은 사람들이 사방에서 놀라며 갈채를 보내고 감사의 의미로 그의 손에 입 맞추는 모습을 지켜보았다.

24일에 컨버든은 시신을 세심하게 해부했으면 한다고 서면으로 밝혔다. 그리고 25일 아침이 되자 미칠 듯 기뻐하며 아름다운 부인과 헤어졌다. 이 근엄한 대머리 의사는 연미복 차림으로 부인 주위를 돌며 춤추고 그녀에게 키스했으며 그녀와 함께 그칠 줄 모르고 웃었다. 10시쯤에 컨버든은 차에 타 전보를 맡기고 찰스 공원으로 갔고 자신이 10시 30분에 죽는다는 것을 알리는 쪽지 한 장을 남긴 뒤 공원 입구에 차를 대기시켰다. 덤불 한가운데 선 그는 기쁨에 들뜬 바람에 리볼버를 집에 두고 왔다는 사실을 깨달았고, 조금 문제는 있었지만 넥타이로 목을 매달아 죽었다.

고인의 부검에서는 아무런 특이점도 발견되지 않았다.

부검이 실시된 26일 그날 저녁에 윗스트렌 씨가 미망인을 찾아왔고 아시겠지만 자기가 고인의 친구라고 했다. 무슨 거창한 이야기를 하려는 게 아니라 단지 그녀와 얼마간 행복한 시간을 보낼 생각이라는 걸 알리고 싶다고 했다. 아무쪼록 고인을 추모해 달라고, 왜냐하면 고인은 오로지 그들이 함께 행복해지도록 25일에 넥타이로 목을 맸기 때문이라고 했다. 비탄에 잠긴 금발의 미망인은 눈물을 잔뜩 쏟았고 컨버든 박사가 그럴 사람이라는 걸 안다고 말했다. 늘 그토록 자기를 생각해 주었다고. 그녀에게는 모든 일이 너무도 급작스럽긴 하지만 삶이라는 게 아마 그런 것 같다고도. 메리는 윗스트렌과 차를 타고 그의 시골 저택으로 가서 그녀 나름으로 행복한 시간을 보냈다. 윗스트렌 쪽에서는 푸른 눈의 온화한 부인이 능숙하게 쾌락을 즐기는 모습에 금방 넌더리가 났다. 원래는 그녀에게 즐기는 법을 직접 가르칠 생각이었기 때문이다. 그래서 일주일 후 윗스트렌은 메리의 재산 관리권을 넘겨받았고 컨버든 박사의 교활함을 욕했으며 메리에게 출신을 물었다. 메리가 처음에는 컨버든 박사의 비서로 일했다는 말을 듣고 윗스트렌은 자기에게는 비서가 필요 없다고, 적어도 곡예사로서 자신은 왜 비서가 필요한지 모르겠다고 했다. 그는 메리의 재산을 계속 성실히 관리할 것이며 넉넉한 이자 수익을 보장하겠다고 했다. 하지만 그녀가 기질상 자기 같은 단 한 남자에게는 맞지 않는 듯하다고, 드러난 재능을 보면 안다고 했다. 그러고는 타고난 재능을 활용하라고 강력히 권했다. 아무리 큰 자산이라도 결국에는 소모되기 마련이라는 말이었다. 메리는 윗스트렌의 말에 귀를 막지 않았다. 곧 윗스트렌 씨는 자기 부인이기도 한 금발의 젊은 메리를 데리고 경마장으로, 극장으로 갔으며 그녀를 거칠고 타산적으로 대했다. 하지만 메리는 늘 윗스트렌을 찬양했다. 왜냐하면 그는 세상에서 으뜸가는 것, 바로 상당한 변화를 그녀에게 제공했기 때문이다.

냉담한 남자의 회고록

나는 자신의 삶을 기록하는 일이 꼭 필요하다고는 단 한 번도 생각하지 않았다. 사실 다른 사소한 일들과 비교해 특별히 중요한 일이란 없으며, 여러 나라를 정복하든 기도를 하든 여자를 품에 안든 회고록을 쓰든 별 차이가 없다. 또한 나는 많은 일이 나중에 회상할 때에야 비로소 흥미로워진다는 사실을 이미 일찍부터 알았고 오로지 그 때문에 여러 암담하고 난처한 일을 참을성 있게 받아들였다. 그럼에도 스스로에 대해서는 기록하고 싶지 않았다. 그러고 싶지 않았다. 그에 대해서는 더 이야기하지 않겠다.

하지만 지금 나는 이 글을 읽는 이들을 깨우쳐 주기 위해 뭔가를 하려고 한다. 또한 그럼으로써 고발장을 제출하려고 한다.

이는 수 세기에 걸쳐 어둠 속에서 살인을 저지르는 적한테 소리 높여 반대하기 위해서 꼭 필요한 일이다. 적은 어둠 속에서 맹위를 떨치며 우리를 끌어들인다. 그래서 나는 이 글을 쓴다.

* * *

처음으로 사랑에 대해 들었을 때 나는 아직 꽤 어렸다. 나는 소설과 시, 나중에는 여러 철학자의 저서에서 사랑에 관해 읽었다. 사랑에 대한 지식을 얻은 경로는 아주 다양했다. 한편으로는 예의 장황하거나 고상한 고찰이 가르침을 주었고, 다른 한편으로는 신문이 매일매일의 자살 연대기로 여러 바람직한 암시를 주었다.

하지만 그런 데 나오는 주장은 너무 이상해 보였기 때문에 그것을 믿지는 않았다. 나는 마치 북극 탐험이나 인디언의 열차 습격 이야기라도 되는 듯 사랑에 관한 글을 읽었다. 사람들은 나도 언젠가 사랑을 할 것이라 했다. 하지만 나는 그 생각을 하면 마치 질병을 대하듯 두렵고 우울했다. 그리고 오랫동안 도저히 사랑이라는 주제에 진지하게 몰입하지 못했다. 그래서 나는 즐겁고 마음 편히 있을 수 있었다.

* * *

내게는 지식욕이 왕성하다. 덕분에 좋은 점도 나쁜 점도 많았다. 얼마간 시간이 흐르자 사랑처럼 보편적인 인간의 활동에 대해 아무것도 모르고 또래에게 뒤처지는 것은 나잇값을 못 하는 일인 듯했다. 그래서 나는 사랑을 찾아 나섰다. 내가 찾아간 남자들은 ─ 이성적이라 인정받는 남자들로, 어떤 이는 내각에서, 어떤 이는 공장과 은행에서 중요한 지위를 차지했다. ─ 사랑에 관해 묻자 미소를 지었다. 몇몇 이는 직설적으로 말하길 사랑이 그저 쓸데없는 말장난일 뿐이라 했다.

또 다른 이들은 사랑을 아무 할 일 없는 사람들의 일로 치부했으며 아직 어른이 덜 된 딸들, 고전이니 피아노 연주니 사랑에 몰두해야 하는 딸들의 몫으로 남겼다.

이게 바로 세상 물정 밝은 이들에게 들은 이야기다. 이야기를 다 들은 나는 모순으로 가득한 말들에 낙담해 곰곰이 생각하다가 스스로 길을 찾아 나섰다. 그리고 이 결정은 이후 내 인생 전체에서 무엇보다 중요한 것이 되었다. 나는 점차 사랑을 향해 다가갔고 사랑과 최종적으로 타협을 보려 했다. 따라서 그것은 내게 중대한 일이었다.

사람들이 말하길 사랑이란, 나도 얼마간 아는 것처럼, 선천적으로 남성이 여성에게 느끼는 욕구가 아니라 훨씬 고상하고 부드럽고 섬세한 것으로, 산문적 말로는 표현할 수 없는 것이었다. 이처럼 뭐라 설명하기 힘든 것을 찾아내고자 길을 나섰다.

나는 여러 도시와 나라에서 거리를 거닐며 젊은이와 노인, 어린 소녀, 군인, 장교, 점원 등 사람들을 부지런히 관찰했다.

불확실하고 섬세한 과정을 이해하기 위해 체계적이고 아주 용의주도하게 일을 해 나갔다. 특히 사랑이 있다는 도시들을 찾아가 사람들에게서 눈을 떼지 않았다. 사랑은 분명 뭔가 특별한 것 속에서 표현될 터였다. 나는 그것을 군중 속에서 찾아내려 했지만 헛수고였다. 나는 특히 행인의 옷, 상의와 블라우스 그리고 재킷의 색을 유심히 관찰했다. 하지만 눈에 띄는 점을 전혀 발견하지 못했다. 특별한 것이 어디에 있을지, 독특한 장화 모양에 있을지, 뾰족한 코에 있을지, 아니면 넥타이에 있을지도 똑똑히 알 수가 없었다. 내가 관찰한 것을 이야기하자 친구들은 미친 듯이 날 비웃고 거들먹거리며 "그건 볼 수 없는 정신적인 거라고. 느끼고, 느끼고, 또 느껴져야지." 같은 애매한 말을 던졌다. 하지만 친구들은 수박 겉 핥기 식으로 그런 말에 만족했고 바로 그 점이 내게 문제라는 것을 몰랐다. 친구들은 자신의 감정을 설명할 때면 한편으로는 여성에 대한 단순한 욕구를 바꿔 말했고 다른 한편으로는 극도로 섬세한, 예의 시적 표현을 썼다. 나는 그런 표현에 고개를 절레절레 흔들었다.

탐색 작업에 아무런 성과가 없어도 나는 동요하지 않고 내 길을 갔다. 하지만 끝없는 긴장 탓에 신경이 예민해졌다. 불안하고 두려웠다. 쇠약해진 나는 무시당하는 느낌을 받았고 ― 내 마음은 그토록 어리석었다.― 마치 불구자처럼 겨우겨우 돌아다니며 거리에서 사람들 얼굴을 동냥하듯 쳐다보았다. 내 마음속 불행은 너무도 컸기에 함께 지내던 누이에게도 기운 빠진 내 모습이 눈에 띌 정도였다. 여담이지만, 나는 평소처럼 먹고 마셨다. 어째서 온갖 우울함조차 내게서 식욕을 빼앗지 못했고 난 해야 할 일을 늘 해 나갔는지.

* * *

나는 여성에게 자연스레 끌린다. 모든 여성에게, 더 나아가 여성인 모든 것에. 내가 어린 소녀나 포대기에 싸인 조그만 아기에게 말할 때 친절하고 공손한 어조를 쓰곤 한다는 것을 나는 일찍부터 깨달았다. 내가 코끼리처럼 우람하게 퍼진 몸으로 아이들에게 다가가 노는 여자애들 앞에서 실크해트를 벗고 종알대는 아이들에게 그렇게 존칭으로 말을 걸면 보모와 유모가 웃음을 터뜨리곤 했다. 아이들에게로 몸을 숙이면 수줍음 같은 것이 나를 사로잡았고 가슴이 뛰었으며, 흥분할 때면 늘 그렇듯 입속에서 침이 샘솟아 고였다. 나는 아이들에게 잘 보이려 애썼다. 그래서 아동 심리학에도 심취했다. 이따금, 젖을 빠는 아기의 움직임 없는, 앞이 안 보이는 눈을 들여다볼 때면 여기에 어떤 폭력이 잠들어 있을까 하는 생각에 어두운 공포심이 일었다. 그리고 내 손가락은 경악을 잉태한 미래의 싹을 질식시키려 움찔거렸다.

언어가 여성이라 지칭하는 죽은 사물에게도 내가 존경을 표했다고 고백하면 모두가 날 끝도 없이 비웃어 댈 것이다. 물론 몇몇 순간에 지나지 않지만. 나는 여러 차례 내 방에서 녹색 탁상등[7]을 존경스럽게 바라보았고 그 앞에서 몸가짐을 삼갔으며 혹여나 등을 건드릴까 조심했다. 저녁이면 심지어 흰 리넨으로 등을 덮었다. 옷을 벗을 때 부끄러웠기 때문이다. 또 나는 이따금 옷장 주위를 불안하게 살금살금 지났으며 한참을 망설인 후 상냥하게 미소를 짓고 몸을 깊숙이 숙여 옷장에 경의를 표했다. 나는 옷장을 여성형[8]으로 칭하는 편이 낫다고 결정했다. 나에게는 옷장이 여성이었다.

여성을 향한 나의 끌림은 나중에 더 어두운 색채를 띠었다. 여성만큼 불쌍한 건 아무것도 없다. 언젠가 암캐 한 마리가 천천히 내 앞을 지나가며 피 흘리는 모습을 본 적 있다. 피는 뚝뚝 방울져 떨어지다 끈적하게 흘러내리다 하며 암캐가 지나간 포석 위에 남았다. 끝없이 길게 이어진 핏자국이 내 마

---

7 독일어 명사에는 남성, 여성, 중성과 같은 성이 있다. 탁상등(Tischlampe)은 여성 명사다.
8 옷장을 가리키는 단어 'Spind'는 본래 여성 명사가 아니다.

음을 휘젓고 뒤흔들었다. 여자들 얼굴을 볼 때면 내 눈에는 눈물이 맺혔다. 아무것도 모르는 그 어린 피조물들이 강해지기 시작하는가 싶으면 곧 불쾌한 손님이 끊임없이 반복해서 닥쳐오고 그들은 피로 흠뻑 젖는다. 피는 여자들이 시들어 버릴 때까지 흐른다. 해산의 고통이 다가와 몸을 망가뜨리고 여자들은 너무 일찍 무력해진다.

어머니보다 더 비참한 피조물이 있는가? 나는 자식과 관련한 일로 상처받는 어머니만큼 심하게 상처받을 수 있는 사람을 생각해 낼 수 없다. 어머니처럼 무방비하고 가련한 존재는 없다.

그렇다면 나는 부드러운 말로 여자들을 대해야 하지 않을까? 하지만 나는 그런 말을 써 본 적 없다. 시인이고 사람 볼 줄 아는 이라면 왜냐고 물으리라. 아마도 난 천성적으로 너무 게으른가 보다.

그래도 사랑을 찾아다니다 주의를 끄는 여자들과 여러 번 마주쳤고 그 여자들에게 뭔가 꼭 말해야 한다는 생각이 들기도 했다. 그러나 나는 그녀들에게 손가락 하나 대지 않았다. 몰래 그 여자들을 지켜봤으며 몸동작과 말하고 웃고 쳐다보는 투를 관찰했다. 그러자 불안 같은 것이 가슴을 죄어 왔고 나는 그녀들로부터 눈을 돌렸다. 소리를 내서 그 여자들에게 내 존재를 드러내는 일도 없었고 은근히 그녀들을 생각하며 공상에 빠지는 일조차 스스로 금했다. 나는 갈망하는 것들이 내게 저절로 와야 한다고 생각한다. 그리고 그렇게 된다 하더라도 나는 그것을 집어 들기를 꺼리리라. 후안무치한 것은 몸의 노출만이 아니다. 말 한마디 한마디, 동작 하나하나가 우리를 드러낸다. 수치는 우리를 그렇게 땅속으로 밀어 넣는다. 우리를 수치에서 구해 줄 수 있는 것은 오직 죽음뿐이다. 그럼에도 나의 게으름은 뻔뻔하게도 짐승처럼 계속 숨 쉬며 살려고 했다.

나는 자주 불안 속에서 그 여자들로부터 달아나 멀리 산으로 올라갔다. 그곳에는 안개가 있어 어딜 가든 마치 방처럼 나를 둘러쌌다. 돌풍이 일 때마다 문이 활짝 열렸고 나는 협곡에서, 오르락내리락하는 하얀 공기에서 새로이 활력을 얻었다. 공기는 자주 기둥 모양으로 뭉치고 똑바로 서서 골짜기 한가운데를 통과한 후 비탈에 누워 털이 긴 그레이하운드처럼 내 발치에 있기도 했다.

나는 사랑을 찾지 못하자 내 방식대로, 눈물 없이 울었다.

* * *

그렇게 빈손으로 여정에서 돌아온 뒤로 권태가 더욱 거칠게 나를 움켜잡았고 나는 사랑을 하겠다는 굳은 각오로 여자들에게 향했다.

사람들에게 조언을 구했지만 헛일이었으며 사랑의 특징을 연구하고 눈이 아프도록 보고 또 봐도 소득이 없었다. 그래서 이제는 근원을 향해 나아갔다. 나 스스로를 실험 대상으로 삼은 것이다.

처음에는 어떤 아가씨에게 접근해야 할지 몰라서 친구들에게 물었다. 친구들은 오랜 경험에 비추어 볼 때 그것은 중요하지 않다고 했고 어떤 아가씨 이야기를 했다. 사랑한 경험도, 사랑받은 경험도 많고 듣기로 무척 여걸답다고 했다.

나는 그 아가씨를 찾아갔다. 허락을 받아 집에 들어갔고 우선 그때껏 조사한 것의 연장선에서, 사랑이 객관적으로 무엇이냐고, 그녀가 사랑을 많이 했다는 것을 남들이 뭘 보고 아느냐고, 남자답게 진중한 태도로 분명하게 물었다. 여자는 여걸답게 미소를 지었다.

그리고 나는 전에 자주 관찰할 기회가 있던 몇몇 말과 행동을 친구들 충고에 따라 그녀에게 했다. 그럼으로써 곧 마치 내가 그녀를 사랑하는 듯한 인상도 줄 수 있었다. 이제 여자는 내가 있을 때 독특하게 움직이고 몸짓하고 얼굴을 찡그렸다. 그것은 사랑을 뜻하는 게 틀림없었다. 그런 행동들은 각각 사랑의 고유성을 나타내는 것 같았다. 손바닥이 먼지를 터는 듯 자꾸 내 뺨 위로 스쳤고, 입술은 내 입을 침으로 적시며 빨았으며, 으르렁대고 낑낑대는 목소리를 냈고, 자신의 사지를 상대방 것에 꽉 밀착했다. 게다가 의미 없는 소리들을 진부하게 반복했으며 나중에는 불결했고 자제력을 잃었는데 이는 사랑의 중요한 증거인 듯했다. 나는 지대한 관심을 가지고 한동안 상황을 관찰했다. 하지만 한번은 그 아가씨가 비슷한 동작을 벌이면서 확신에 차 말하길 내가 그녀를 사랑한다고 했을 때 — 그녀가 도저히 알 수 없는 일인데도 말이다.— 어리둥절해진 나는 어째서 그렇게 생각하느냐고, 그렇게 주장하는 근거가 뭐냐고 물었다. 왜냐하면 나는 당연한 본능만을 이따금 그녀에게 느낄 뿐이었고 그 밖에 놀라움과 혐오, 우호적인 우월감을 자주 느꼈기 때문이다. 마침내 나는 강력하게 이의를 제기했다. 그러자 상대방 쪽에서 내가 있을 때 보이는 특징적인 동작들이 그쳤다. 나 자신은 그런 동작을 결코 무의식적으로 하지 않았으며 늘 의도적이고 계획적으로 했다. 하지만 그녀는 그렇지 않았다. 나는 다른 여자들을 상대할 때 사랑이라는 게 아주 비슷하게 진행된다는 사실을 깨달았다. 여성이라는 족속과 상대하는 일이 싫었지만 의무감이 나를 떠밀었다. 내게는 완벽을 향한 충동이 컸다. 이후 나는 전에 읽고 들은 것 전부를 여자들에게 실천했다. 여자들을 무척 다정히 대했다. 여자들의 입과 가슴에 키스하고 내게 사랑이 솟아날까 정말이지 끈기 있게 기다렸다. 젊은 숙녀들과 대화하는 데 적합하게 몇몇 천박한 표현도 포기했다. 하지만 그렇듯 안간힘을 다해 노력했는데도 그 유일무이하고 추앙받는 감정을 아무 소득 없이 기다릴 뿐이었다. 나는 이루 말할 수 없이 지쳐 버렸다. 내가 이 모든 일을 보고하는 건 그저 여기 이 고발장을 쓸 권리가 내게 있다는 점을 보이기 위해서다. 나는 아무것도 게을리하지 않았다. 아주 많은 길을 거쳤다. 내가 찾는 것이 반드시 나타났어야 했으리라.

당시에도 나는 나를 불안에 사로잡히게 하는 여자들을 자주 지나쳐 가곤 했다. 그중 한 여자가 그 무렵 나의 마음을 얻으려 애썼고 내가 굉장히 슬퍼 보인다며 다정한 편지를 보내 왔다. 처음에는 그녀에게 속 이야기를 털어놓고 싶었고 내가 사랑을 찾지 못해 슬프다고 편지를 쓰려 했다. 나중에는 작업열에 빠져 심지어 그녀와 실험을 하는 것도 생각해 보았다. 하지만 그 생각을 하자 심장이 목구멍까지 두방망이질하는 듯하고 가슴이 죄어 왔다. 그리고 나는 숨을 멈췄다.

정말이지 가망이 없었다. 그토록 오래 애써 왔지만 헛수고였다.

* * *

나는 여자들이 내게서 시간을 빼앗는다는 것을 똑똑히 깨달았다. 사랑이 쓸데없는 말장난이라는, 처음에 입수한 정보는 나를 속이지 않았다. 나는 고발장이자 경고문을 쓰고 있다. 누군가 일어나 내게 그럴 권리가 없다고 말할 수 있을까? 나는 건강하며, 나에게 뭔가 문제가 있을 수 있다고 생각할 근거는 없다. 나는 늘 능숙한 사람으로서 처신을 잘했으며 뭔가를 잘못하는 일은 드물었고 어느 방면에서나 날랜 솜씨를 보였다.

이제 나는 여자들이 어떤 식으로 움직이는지 잘 안다. 남자는 여자보다 강하다. 남자는 여자를 때려죽일 수 있으리라. 하지만 여자 때문에 불행해질 수도 있다. 사랑의 음험한 계획 때문이다. 사랑은 여자를 보호한다. 이 거짓된 말은 강철 같은 근육보다 힘이 세다. 이에 사로잡히기에 나는 너무 이성적이다. 이 극도로 위험하고 혐오스러운 것은 남자를 바보로, 배우로 만든다. 왜냐하면 남자들 중에도 ── 나는 분명히 밝혀 둔다.── 자신의 기만당한 영혼이 말하는 사랑이 무엇인지 아는 이는 아무도 없기 때문이다. 어떤 남자도 사랑을 모르지만 여자가 두려워 사랑을 연기한다. 전통이 남자들을 그토록 겁쟁이로 만들었다. 기만의 힘은 그토록 강한 것이다.

국가가 알코올이나 결핵을 대하듯 사랑에 단호하게 대처해야 한다. 적대자들 사이에 자연적인 관계가 복구되어야 한다. 여자들을 끽소리 못 하게 하라. 나는 잘 훈련된 창녀 집단에 찬성한다. 창녀 아카데미를 설립하는 일은 새 철도 노선을 부설하는 일과 마찬가지로 지금 꼭 필요하다. 아카데미에서는 침묵과 공감 능력, 거기에 몇몇 일에 대한 빠른 이해력과 사랑스러운 걸음걸이, 목소리 변조와 노래하는 법, 그리고 신음하고 속삭이는 법 또한 가르쳐야 할 것이다. 지금은 따로따로 분리되어 세간에 떠도는 육체의 기술을 많은 이가 배울 수 있으리라. 그렇게 되면 남자들은 막대한 에너지를 다른 활동, 문화를 촉진하는 활동에 쓸 수 있을 터다. 향유의 예술이 공동체와 잘 선발된 사람들의 세심한 손길을 받아 머지않아 엄청나게 융성할 것이다. 사랑은 분명 세상에서 점차 밀려나리라. 사랑이라는 무겁고 품위 없는 멍에에 맞서는 남성 운동은 빵을 위해 투쟁하는 여성 운동보다 더 중요하다. 내가 앞서 언급한 자연적 관계가 남성과 여성 사이에 복구되어야 한다.

벌써 수 세기에 걸쳐 어둠 속에서 살인을 저지르는 적에 나는 소리 높여 반대한다.

* * *

나는 사랑을 찾아다니다 뭔가를 발견했다. 내가 지내는 호텔에서 설거지 일을 하는 아가씨 이야기다. 그녀는 곱사등인데 얼굴은 사각형에 통통하고 눈은 비굴하고 입술은 삐죽 나왔다. 그처럼 단정하지 못한 걸음걸이와 너절한 옷을 본 적은 단 한 번도 없다.

주방에서 소매를 높이 걷어 올리고 개수대 앞에 서서 복도에 있는 나를 볼 때면 그 여자는 입술이 불룩해지고 왼쪽 손등으로 들창코를 비비며 히죽댄다.

여자는 다 똑같다.

그렇게 히죽대는 모습을 보고 처음에 나는 경악해서 뭔가 불쾌한 기분에 사로잡혔다. 불쾌한 기분이라, 정확한 표현이 아니다. 분노와 고통이다. 그 여자가 웃자 나는 주먹으로 으르대다가 그녀에게 달려들었다. 그 여자가 나를 뭐로 본 걸까? 난 자유로운 남자다. 여자는 다 똑같다. 여자들은 내가 얼굴을 때려 주고 싶어지도록 미소를 보낸다. 아니면 수다스럽고 시간을 잡아먹는 저 사랑이라는 놈을 마치 성찬이라도 베푸는 듯 주위로 흩뿌리는 것이다. 여자들은 사랑을 연기한다. 나는 그 교활한 노예들을, 거짓투성이 여주인들을 꿰뚫어 본다. 나는 여자들의 냄새를 알아챈다. 온갖 향수를 뚫고 그 냄새를 알아챈다. 여자 방에서 하룻밤을 보낸 남자라면 누구나 — 이 점을 정말 똑똑히 말하고 싶다.— 내 말이 무슨 뜻인지 안다. 여자 주위에 감돌며 독특하게 코를 찌르는 역겨운 냄새를 안다. 자연이 그 노예들에게 낙인을 찍어 놓은 것이다. 그녀 옆에, 설거지하는 아가씨 옆에 섰을 때 나는 곧장 그 짙은 냄새를 맡았다. 그 여자는 진짜였다. 내 입속에 침이 고였다. 여자들은 그렇듯 나를 메스껍게 한다. 나는 주방에서 그녀를 끌고 내 방으로 갔다. 그 미소 다음에 그녀에게서 무슨 일이 또 일어날지 알 수 없었기 때문이다. 나는 방에서 그녀를 내동댕이 쳤다. 그녀는 몸을 돌렸다. 자신이 여성임을 내게 드러냈던 것이다. 나는 조롱하는 말을 퍼부으면서 여성의 정수, 그 비천하기 그지없는 여자를 만끽하고 욕보였다. 나는 사랑을 얼마나 비웃었던가! 내가 알던 여자들, 내가 숭배받는다고 알던 여자들, 또한 나를 불안에 빠뜨린 여자들까지도 머릿속을 스쳐 지나갔다. 날씬하며 금발을 높이 빗어 올린 여자. 그리고 살짝 결핵기가 있는 상냥한 여자, 오, 그 여자는 검고 낮은 털가죽 모자를 쓰고 다녔지. 그 오만한 짐승들이 나를 스쳐 지나갔다. 나는 설거지하는 아가씨와 좁은 방에 앉아, 잠자는 여자들을 전부 욕보였다. 그 여자들은 나를 볼 수 없었고 그 우둔하고 아무것도 모르는 아가씨를 내게서 구할 수도, 스스로 치욕에 서 빠져나올 수도 없었다.

오, 나는 얼마나 경건한가. 나는 매우 경건하다.

그 아가씨가 나를 믿고 따르게 되자 나는 도를 넘어선 격심한 분노에 빠져 그녀를 문밖으로 내던지고 신발 뒤축으로 그녀의 펑퍼짐한 엉덩이를 찼다. 그토록 몹시 화가 났다. 나중에는 호통을 치고 위협하고 미친 듯이 따귀를 때리고 머리카락을 잡아당기기도 했는데, 그런다고 즐겁거나 마음이 편해지지는 않았다. 하지만 대개 밤이면 몇 시간이고 내 방식대로, 눈물 없이, 그녀 품에 안겨 울기 일쑤였다.

* * *

벽에 걸린 그림들. 나는 냉담하게 그 옆을 지난다. 이 남자는 이 그림을 그릴 때 어떤 처절한 노력을 하며 골몰했을지. 그리고 음악. 나는 귀를 막는다. 나는 얼마나 무관심한 사람이 되었는가. 내가 배운 것이 내 가슴속으로 얼마나 깊숙이 파고들었는가. 나는 이 남자들이 부끄럽다. 모두가 정복당하고 기만당했으며 자신의 미덕을 가지고 고난을 만들어 냈다. 여성에 대한 욕구를. 그들은 싸움에서 여자들을 내동댕이쳐야 하지만 온순하게 춤이나 춰 댈 뿐이다. 여자들의 혈관에는 유독한 피가 흐른다.

내 피는 깨끗하다, 깨끗하다.

* * *

나는 산을 오른다.

산이 저편에서 아침 햇빛을 받아 번쩍거린다.

산에는 눈이 잔뜩 쌓여 있다. 설산이 저기 신부(新婦)처럼 서서 찬양받고자 한다.

나는 산으로 오른다. 반짝이는 고드름이 사방에서, 모든 나뭇가지에서 내게로 떨어지며 머리에서 모자를 낚아채고 목덜미로 향한다. 눈이 높이 쌓여 있다. 어느새 나는 무릎까지 눈 속에 잠긴다.

온갖 풍요로움과 아름다움이 앞에 펼쳐져 있고 나는 뒤축으로 그 위를 구를 수 있으니 얼마나 즐거운가.

사람들에게 나아간 이후로 나는 묘하게 변했다. 아무래도 잘못 말려들었나 보다.

오, 나는 사람들이 역겹다.

나는 여자를 증오한다. 증오하고, 증오하고, 증오해서 울 지경이다. 여자들, 그 암캐들, 그 저주받은 것들에 대한 격분으로. 미친 사람들이 부럽다. 그들은 그래도 자신의 환각만큼은 믿으니까. 내게는 더 이상 일하고, 웃고, 숨 쉴 동기가 하나도 없다.

마치 여자들이 날 망가뜨리기라도 한 것 같다. 여자들은 그렇게 나한테 독을 준 것이다.

나는 몹시 두렵다. 그저 걷고 싶다. 하느님, 그러니 도와주십시오.

나는 눈 속을 걷는다.

길을 잃었다는 것을 이제 안다.

그렇다, 나는 하얀 눈 속으로 주저앉는다. 빠지고 있는 건가? 아닌가? 나는 단추를 헤아려 그것을 확인하려 한다. 달콤한 눈.

하느님, 저의 병든 영혼을 빨리 도와주십시오.

수녀원의 여인과 죽음

비쩍 마른 백발 여인이 히아신스가 든 유리병들을 옆으로 밀어 치우고 왼쪽 팔꿈치를 창턱에 댄 뒤 눈빛을 받으며 구부정하게 앉아 있었다. 바깥 앞뜰에서는 눈부신 흰 눈이 발자국에 부서져 한낮의 태양 아래 천천히 녹았다. 가늘고 거무스름한 물줄기가 나무들 주위로 졸졸 흘렀다. 그리고 거무스름한 물줄기를 눈으로 좇던 구부정한 여인은 돌연 알게 되었다. 자신이 곧 죽으리라는 사실.

여인은 왼쪽 팔꿈치를 창턱에서 뗀 후 섬세하고 작은 두 손을 포개고는 의자 등받이에 등을 푹 기댔다. 히아신스 꽃병을 앞에 두고 굳은 채로 앉아 있었다. 종이 울리자 여인은 식당으로 가서 음식을 한입 먹고 포크를 내려놓았다. 그러고는 식당을 나갔다. 여인은 자신의 방에 앉아 있었다. 시든 얼굴을 벽으로 향한 채 온종일 방에, 방구석에 앉아 있었다. 방으로 쏟아지는 눈빛이 흐릿해졌다. 벽지 위 빛깔이 사라져 갔다. 어둠 속에서 경련하는 두 손이 등에서 등피를 들어 올렸다. 그러자 등이 다시 훅 꺼졌다. 옷들이 바닥에 떨어졌다. 여인은 침대에서 자꾸 호흡을 멈췄고 숨을 급히 쉬었다, 깊이 쉬었다 했다. 그녀는 밤새 뜬눈으로 침대에 누워 있었다. 얼굴은 어둠 속에서 미동도 하지 않았다. 자정께에 달이 작은 창에 나타났다. 달은 밤의 절반을 그곳에 하얗게 있다가 종이 울려 3시 30분을 알리자 비로소 몸을 돌렸다.

오전에 여인은 소매가 좁은 검은색 옷을 입고 구부정히 한결같은 걸음으로 수녀원 뒤 공원을 지나갔다. 호리호리한 친구 옆에서 앙상한 나무 밑을 걸었다. 이따금 말을 했고 이미 입김이 서린 눈에서 주름진 눈꺼풀을 들어 올렸다. 무심한 문장들이 반복되었다.

밤에 달이 커튼 친 창에 나타났을 때 여인의 침대가 흔들거렸다. 여인의 손가락이 침대 양쪽 모서리를 꽉 붙잡았다. 여인은 덜덜 떨었고 침대에 몸을 대고 눌렀으며 아침께에는 자꾸 끙끙거렸다. 오, 그 덩어리는 이불 밑으로 기어 들어가 흐느끼다가 어느덧 날이 밝자 비로소 잠들었다.

이튿날 여인의 행동은 산만하고 불안했다. 여인은 식사를 꿀꺽 삼켜 버렸고 자주 벌떡 일어섰으며 전에 없이 수다를 떨었고 말하는 도중에 멈췄으며 몸을 여기저기 만지작거렸다. 어깨를 축 늘어뜨리고 몸을 숙인 채로 오래도록 식당에 앉아 있었다. 그날 낮에 여인은 자기 방으로 가지 않았다. 저녁에는 친구에게 같이 자게 해 달라고 부탁했지만 헛일이었다. 나중에는 누가 그녀를 문지방 너머로 밀기라도 하는 듯했다. 여인은 잽싸게 방문을 잠그고 창을 닫았고 벽에다 오드콜로뉴를 뿌렸으며 탁자와 난로 위 그리고 방구석 작은 성모상 발치에 꽃을, 활짝 핀 꽃을 있는 대로 찾아 갖다 두었다. 또 옷장 속에 있는 흰 이불, 파란 이불도 꺼내 의자 위에 올렸다. 그러고는 갑자기 앉아서 오래도록, 미련하고 고집스레 울었다.

밤에 방에서 시계들이 재깍거렸다. 벽에 시계 둘이 걸려 있었다. 하나는 한가로이 시간을 삼키고 삼십 분마다 매 하고 울었으며 그런 다음 배가 불러도 계속 씹었다. 그 옆에서는 뻐꾸기시계가 쿡쿡대며 흔들거렸다. 애처롭게 비명을 지를 때면 숨도 쉬지 않고 거의 고꾸라지려 했다. 여인은 침대에서 뛰어나와 시계추를 꽉 잡았다. 여인이 다시 가만히 누워 있는 동안 작은 시계가 움찔했고 큰 시계는 얼굴을 찡그리며 히죽거렸다. 그러자 여인은 옷을 걸치고 문을 뛰쳐나가 공원으로 갔다. 여인의 눈은 뒤엉킨 검은 덩굴에 머물렀다. "나는 틀림없이 죽어. 틀림없이 죽는다고." 여인은 새벽 어스름 속에서 수증기가 피어오르는 물가에 서서 희미하게 빛나는 시선으로 앞을 바라봤다. 그녀는 안간힘을 다해 눈을 꼭 감은 채 크게 헐떡이고 소리치며 물속으로 걸어 들어가 작고 여윈 손으로 수면을 철썩 때린 후 갑자기 몸을 돌려 달아났고 어둑한 나무를 지나 수녀원으로 돌아왔다. 이 늙은 여인은 창가에 가만히 서 있었다. 날이 더 밝아지자 여인의 입가가 또 자꾸 움찔거리고 팔다리가 다시 덜덜 떨리고 입술이 꽉 닫혔으며 여인은 뒤에 있는 침대로 쓰러졌다. 침대 한가운데에서 통나무처럼 몸을 뭉쳤다. 이가 악물렸다. 여인은 신음을 뱉었다. 눈은 번뜩이며 창을 향하다, 문을 향하다 했다. 여인은 말없이 이불을 뒤집어썼다.

그다음 날부터 여인은 조용히 지나다녔고 저녁에는 여전히 방에 냄새 좋은 향수를 뿌렸지만 점차 다시 예전처럼 행동하기 시작했다. 그녀는 기도하고 수를 놓고 카드놀이를 했다. 또한 다시 히아신스 꽃병을 앞에 두고 한참을 홀로 앉아 있곤 했다. 이제는 그곳에서 때때로 몸서리치며 속으로 미소도 지었다. 그녀는 다른 여인들과 평소보다 훨씬 적게 대화했기에 그녀의 오만한 됨됨이에 대해 이러쿵저러쿵 말이 돌기 시작했다. 실제로 식탁에서 여인들을 훑어보는 그녀의 시선에는 때로는 놀란 빛이, 때로는 날 선 우월감 같은 것이 보였다.

날씨는 나날이 따뜻해졌다. 이제 여인은 나무와 풀이 무성한 공원 길에서 몇 시간을 산책했다. 그녀가 가는 곳, 서 있는 곳에서 몽상이 돌아다녔다. 여인은 때때로 줄줄 눈물을 흘리며 부드럽게 울었는데 마치 싱그러운 노래 같았다. 그러고 나서 늙은 여인은 손의 주름을 들여다보았고 거울 앞에서 메마르고 축 늘어진 얼굴 피부를 어루만졌으며 여윈 가슴을 만져 보다가 마구 헤집었다. 그녀는 옷을 벗을 때 거의 삼십 분 동안 꼼짝도 않고 그렇게 서 있었다. 그러다 누우면 예전처럼 오한이 나는 듯했고 손가락은 침대 모서리를 움켜잡으려 했다. 하지만 그녀는 곧 벽 쪽으로 움직였고 옆에 자리를 조금 비워 두었으며 머뭇머뭇 팔로 빈자리를 덮었다가 다시 팔을 치웠다가 또 그리로 놓았다. 장난을 치는 것이었다. 두 팔은 가슴에 꼭 댔고 달아오른 수척한 얼굴은 베개 위 빈자리를 향했으며 목은 앞으로 뺐다. 처음 며칠 밤처럼 여윈 몸이 떨렸고 곧 손가락이 베개 위를 더듬거렸으며 입술이 삐죽 나왔다.

이제 초록색 잎이 길을 덮자 여인은 산책을 나가려 몸단장을 하고 연청색 블라우스를 입었다. 흰 장갑을 낀 두 손에는 꽃, 직접 베어 낸 목서초, 줄기가 긴 장미를 들었다. 여인은 더 탄력 있고 더 반듯하게 풀밭을 걸었다. 엿듣는 이가 아무도 없으면 빽빽한 덤불 속에서 무릎을 살짝 구부려 얌전히 절을 했고 손에 든 꽃에다 대고 킥킥거렸으며 귀여운 입 모양을 하고 춤추듯 걸었다. 그렇다, 여인은 장미 종이에 가벼운 편지를 썼다. 편지는 이렇게 시작했다. "나의 친애하는 엄격한 주인, 죽음에게." 수줍은 암시로 가득하며 아양스럽고 장난스러운 편지였다. 여인은 열린 창을 향해 편지를 보였고 밤에 문지방 밑에 편지를 두었다가 나중에 덤불 속 땅에 묻었다. 수녀원 여인들은 그녀가 외출하는 모습을 안에서 자주 지켜보았다. 이 백발 여인이 누구를 위해 몸단장을 하는지 알아낸 이는 아무도 없었다. 그저 그녀가 늘 어딘가에서 어슬렁어슬렁 거닐거나 서 있는 모습만 보았을 뿐이다. 그녀는 호기심에 차 곁눈질하는 여인들 옆을 우쭐대는 표정으로 지나갔다. 여인들은 나날이 점점 더 확신에 차 서로 말하길 그녀가 부정한 욕망을 품었다고 했으며 가끔 그녀를 수녀원에서 쫓아내는 일을 상의했다.

그사이 봄이 계속되고 날은 점점 따뜻해졌다. 그러던 어느 날 저녁 늙은 여인은 산책을 갔다 방으로 돌아왔다. 직접 꺾은 붉은 토끼풀과 함께 버들가지와 버들강아지를 잔뜩 가져왔다. 여인의 얼굴은 환했다. 그녀는 나지막한 목소리로 흥얼거렸다. 문과 창문을 열어 두었다. 그러고 꽃을 성모 마리아 초상 아래에 놓았다. 꽃을 다 정돈해 둔 여인은 복된 동정 마리아의 초상에 소스라쳤고 털썩 무릎을 꿇고 기도했다. 하지만 곧 장난꾸러기같이 미소를 지으며 초상 위에 가지와 풀을 걸어 성모의 얼굴을 완전히 가렸다.

여인은 활짝 핀 얼굴로 바깥의 따뜻한 봄밤을 향해 더 흥얼대다가 자리에 누웠다.

여인은 잠들었다. 캄캄한 어둠 속에서 깨어났다. 방 안에 육중한 발걸음 소리. 침대가 삐걱거렸다. 죽음이 침대 위 그녀

곁으로 단번에 뛰어올랐다. 그곳에 빈자리가 있었다. 죽음은 여인의 무릎으로 손을 뻗었다. 여인이 몸부림쳤다. 죽음이 우악스러운 시골 남자처럼 손바닥으로 그녀의 어깨를 쳤다. 그리고 주먹이 그녀의 가슴에, 몸통에, 몸통에, 그리고 다시 몸통에 쏟아졌다. 여인의 입술이 애원했다. 죽음이 목을 졸랐다. 혀가 목구멍 속으로 휘었다. 여인이 몸을 쭉 뻗었다.

그러자 죽음이 일어서서 여인의 싸늘한 작은 손을 잡아끌고 창으로 나갔다.

이 작가를 조심하라!

알프레트 되블린(1878~1957)은 20세기 가장 위대한 소설가 중 하나이자 현대 독일 문학을 이야기할 때 결코 빼놓을 수 없는 거장이다. 전후 독일 문단을 대표하는 작가 귄터 그라스는 일찍이 되블린을 "나의 스승"이라 칭하며 토마스 만, 베르톨트 브레히트, 프란츠 카프카와 같은 반열에 놓았다. 유명한 문학 평론가 마르셀 라이히라니츠키는 1945년 이후 독일 소설가들에게 가장 큰 영향을 준 작가로 카프카 그리고 되블린을 꼽았으며, 그의 영향력은 W. G. 제발트, 잉고 슐체, 우베 욘존, 아르노 슈미트, 볼프강 쾨펜 등 수많은 후배 작가에게 미친다. 되블린의 대표작 『베를린 알렉산더 광장』은 현대 대도시를 혁신적 기법으로 그려 낸 걸작으로 상찬을 받으며 고전이자 필독서로 손꼽힌다. 하지만 되블린은 문학적 중요성과 가치에 비해 막상 대중에게 널리 읽히지는 않는다. 그리하여 일찍이 토마스 만은 되블린을 "위대한 이야기꾼"이라 평가하면서도 "되블린의 책을 끝까지 읽을 수 있는 사람은 극소수다."라고 언급했고 되블린을 찬양하는 귄터 그라스조차 독자가 그의 문학에 접근하기 쉽지 않다는 점을 인정한다. 상황이 이런 데에는 되블린의 실험적이고 복합적인 서술 기법과 방대한 작품 분량(주요 장편 소설은 대개 수백 쪽을 훌쩍 뛰어넘는다.)이 큰 몫을 한다. 단단히 마음을 먹고 참을성 있게 다가가야만 되블린의 매력적인 문학 세계에 발을 들일 수 있는 것이다. 그 때문인지 국내에 알려진 작품 역시 『베를린 알렉산더 광장』이 전부라 해도 무방하다. 요약하자면, 되블린은 우리에게 가까이 하기에 너무도 먼 작가다.

『무용수와 몸』은 되블린이 1912년에 발표한 단편집『민들레꽃 살해』를 우리말로 옮긴 것이다. 원래 표제작은 「민들레꽃 살해」이나 한국어 번역본에서는 가장 짧지만 가장 강렬한 작품인 「무용수와 몸」을 골라 제목으로 삼았다. 되블린 문학의 출발점이자 그 특징을 압축적으로 보여 주는『무용수와 몸』은 되블린의 세계에 입문하기에 더할 나위 없이 좋은 책이다. 총 열두 편의 보석 같은 이야기를 담은 이 작품집은 객관적 사실의 묘사나 조화와 완결성 같은 시민적, 전통적 예술의 틀을 벗어나 내면의 감정과 에너지, 현대인의 (주로 부정적이고 혼란스러운) 체험을 생생하게 표현하려 한 20세기 초 아방가르드 예술 운동인 '표현주의' 사조를 대표한다. 특히 이 책에서 제일 유명한 작품이자 원래 표제작인 「민들레꽃 살해」는 표현주의 문학의 상징이라 평가된다. 어느 날 산길을 걷다 충동적으로 민들레꽃을 '살해'해 버린 한 상인의 기이한 체험을 그린 이 단편은 현대인의 정신 불안, 인간과 자연의 관계, 부르주아의 위선적 삶에 대한 비판 등 다양한 주제를 절묘하게 엮어 놓았다. 『무용수와 몸』에 수록된 단편 하나하나, 장면 장면에 나타나는 감각적이고 강렬한 묘사와 인상적인 색채 이

에른스트 루트비히 키르히너가 작업한 「수녀원의 여인과 죽음」 삽화

미지에서는 당대 표현주의 미술과의 친연성 또한 엿볼 수 있다. 당시 되블린은 친구 헤르바르트 발덴이 발행하는 표현주의 잡지 《폭풍(Der Sturm)》에 활발히 참여했는데, 발덴은 '폭풍' 갤러리를 운영하며 바실리 칸딘스키, 파울 클레, 에른스트 루트비히 키르히너, 프란츠 마르크, 오스카 코코슈카 같은 청기사파, 다리파 화가들과 폭넓게 교류한 것으로 유명하다. 특히 키르히너는 되블린의 초상을 그렸으며, 1913년에 따로 단행본으로 출간된 단편 「수녀원의 여인과 죽음」에는 그가 작업한 목판화가 함께 실렸다. 또한 이 단편집에서 느껴지는 특유의 어둡고 불안한 분위기는 파울 베게너의 「골렘」, 프리드리히 무르나우의 「노스페라투」, 로베르트 비네의 「칼리가리 박사의 밀실」 등 표현주의 영화와도 일맥상통한다.

되블린 스스로는 이 책을 "환상적이고 익살스럽고 그로테스크"하다고 표현했다. 확실히 각 단편의 이야기는 대체로 비현실적이고 초자연적이다. 죽은 자의 환영이 산 자의 앞에 나타나고(「항해」), 죽음의 조력자가 뉴욕 거리를 활보하며 사람들을 평온한 죽음으로 인도하고(「조력자」), 옛날 바다 괴물이 깨어나 난동(「푸른 수염의 기사」)을 피우기도 한다. 때로는 동화나 전설이, 때로는 성경 속 모티프가 기묘하게 변주되어 나타난다. 되블린은 평범한 사람이라 하기에는 어딘가 불안하고 위태위태한 인물들을 등장시켜 그들의 비이성적이고 모순적인 행동과 광기, 분노, 우울, 공포와 같은 심층 감정을 파고든다. 그는 흡사 정신과 의사가 환자를 보듯 등장인물들을 관찰하고 '증상'을 기록하는 데 집중한다. 여기에는 당시 베를린에서 의학을 공부하고 정신 병원에서 근무했으며 나중에 의사로 일한 작가의 경험이 녹아 있다. 되블린은 정신 병원 시절

환자들에 대해 회상하며 이렇게 말하기도 했다. "정신병자들 사이에서 나는 항상 몹시 편안했다. 그때 나는 내가 식물과 동물과 돌 외에 단 두 가지 범주의 사람들만 견딜 수 있다는 사실을 깨달았다. 즉 아이들과 광인들이다." 그리하여 이 단편집에서도 다양한 유형의 광인들이 등장한다. 「무용수와 몸」에서는 정신과 육체가 분열된 무용수를, 「아스트랄리아」에서는 기적을 기다리는 광신자를, 「변신」(흥미롭게도 비슷한 시기에 집필된 카프카의 「변신(Die Verwandlung)」과 제목이 똑같다.)에서는 끝없는 우울 속에서 허우적대는 여왕과 부군을 묘사한다. 이 단편집이 발표된 1912년은 타이타닉호의 침몰이 상징적으로 보여 주듯 현대 자본주의와 기술 문명의 낙관적 발전론이 빛을 잃고 세계에 몰락의 기운이 드리운 때이기도 하다. 이에 되블린은 합리적 세계관을 바탕으로 자신의 삶을 설계해 나가는 근대 문학의 주인공이 아니라 현실에서 휘청이는 개인의 모습을 표현함으로써 인간의 깊숙한 내면을, 그리고 더 나아가 현대 사회의 심리적 병증을 그려 낸다. 그러면서도 유머를 잃지 않아 군데군데 엿보이는 재치와 익살, 조롱은 읽는 재미를 더해 준다. 예컨대 「냉담한 남자의 회고록」에서 불감증과 여성 혐오증에 빠져 산속을 헤매는 남자의 모습은 니체의 차라투스트라에 대한 비판적 패러디로도 읽을 수 있다.

『무용수와 몸』은 시대적, 전기적 배경이나 문학적, 예술적, 문화적 맥락과 온갖 사후 평가를 떠나 깊은 여운을 남기고 감동을 준다. 본래 말뜻처럼 마음을 움직인다기보다는 심란하게 뒤흔들어 놓는다는 의미에서의 감동이다. 귄터 그라스의 말마따나 "되블린은 여러분을 불편하게 만들고, 꿈자리를 사납게" 하며 "독자를 변화시킬지니, 스스로 만족하며 사는 자는 되블린을 조심"해야 한다. 그럼에도, 아니 그렇기 때문에 우리는 되블린을 읽어야 한다. 되블린은 일상과 현실을 그로테스크하게 비틀고 전복한다. 깊은 곳에 있는 불안을 끄집어내고 충격을 준다. 그럼으로써 지금 여기의 삶을 곱씹고 뒤집어 보고 낯설게 보도록 한다. 표면적 생활의 이면에 있는 진실을 마주하게 한다. 여기에 되블린 문학의 가치가 있다. 되블린의 세계를 쉼 없이 파도가 요동치는 망망대해에 비유한다면,『무용수와 몸』은 그 바다로 나아가는 출항지다. 부디 보다 많은 독자가 이 책을 통해 되블린에게로 한 발짝 다가갈 수 있기를 바란다.

국내에는 이 단편집의 수록작 중「민들레꽃 살해」만 소개된 바 있다. 이 책은 총 열두 편의 단편을 1912년 초판 구성대로 최초 완역한 것이다. 번역 원본으로는 Alfred Döblin: *Die Ermordung einer Butterblume und andere Erzählungen*, Hg. v. Christina Althen, Deutscher Taschenbuch Verlag, 2014를 사용했다.

옮긴이
신동화

서울대학교 독어독문학과를 졸업하고 같은 과 대학원에서 「표현주의 문학에 나타난 과학 기술 인식 — 되블린의 『산 바다 그리고 거인들』을 중심으로」로 석사 학위를 받았다. 출판사에서 편집자로 일했으며 한국문학번역원 번역 아카데미 특별 과정을 수료했다. 옮긴 책으로는 게르하르트 노이만의 『실패한 시작과 열린 결말 — 프란츠 카프카의 시적 인류학』, 토마스 만의 『괴테와 톨스토이』가 있다. 현재 프리랜서 번역가로 활동 중이다.

무용수와 몸
1판 1쇄 찍음 2019년 5월 24일
1판 1쇄 펴냄 2019년 5월 31일

지은이 알프레트 되블린
옮긴이 신동화
발행인 박근섭, 박상준
펴낸곳 (주)민음사

출판등록 1966. 5. 19. 제16-490호
서울시 강남구 도산대로 1길 62(신사동)
강남출판문화센터 5층 06027
대표전화 02-515-2000 팩시밀리 02-515-2007
www.minumsa.com

© 신동화, 2019. Printed in Seoul, Korea

ISBN 978 89 374 2951 4 04800
ISBN 978 89 374 2900 2 (세트)